Österreich im Gedicht

Österreich

im Gedicht

Herausgegeben von
Hertha Kratzer

öbv & hpt

Lektorat: Dr. Regina Zwerger
Grafische Gesamtgestaltung: Haimo Lauth
1. Auflage 2002 (1,00)

Satz: Grafik+Design B. Feigelmüller, 3580 Horn
Druck: Manz Crossmedia GmbH&Co KG, Wien
ISBN 3-209-03682-9

Aus rechtlichen Gründen sind alle Gedichte in der originalen Schreibweise der Verfasser wiedergegeben.

Inhalt

Hör, wenn du durchfährst,
ihre vielen Sprachen

Jutta Treiber

Burgenland

Nein, da ist nicht nur Tiefebene
nicht nur Seewinkel, Zicklacke
Naturpark, Storch und Reiher
und Ziehbrunnen romantisch
mittendrin

Du fremder Reisender
der du das Land betrittst
glaub nicht an das
Klischee vom Bügelbrett
das dir die Kataloge zeigen

Es gibt
den großen seichten See
das Meer der Segler
und der Surfer
und Schilf
durch das man sich
im Boot fortträumen kann
und Ebene
so weit das Auge sieht
doch gibt es mehr

Besuch die trotzgen Burgen
schönen Schlösser
lustwandle
durch den Schloßpark
von Halbturn
spür Esterházy nach
in Eisenstadt

Jutta Treiber

Fahr über den Margrethner Berg
wenn du dem See dich näherst
und halte inne an dem höchsten Punkt
bevor du links zum Steinbruch wendest
Naturkulisse opernhaft
halt inne und du siehst
das Silberband des Sees
vor dir schimmern
dann fahr hinunter
kehre ein
in eins der Schenkhäuser
der Freistadt Rust

Dies ist das Land des Windgotts
sei gewarnt!
Er singt zuerst ein Lied
in Segelmasten
bevor er AnIauf nimmt
Gerate nicht in einen Sturm am See
sei nicht am Boot
wenn es dem Gott beliebt
sein tolles Spiel zu treiben

Jutta Treiber

Gleite über den See im Winter
wenn er sich kalt und spröd
mit Eis bedeckt
glatt oder faltig rauh
je nach dem Spiel des Windes
ein milder Schleier liegt über dem Ganzen
dämpft Licht und auch Geräusche
Vögel bizarr und schwarz
Tuschzeichnungen am Himmel
schau daß du deinen Fixpunkt
am Ufer
nicht verlierst

Fahr über den Sieggrabner
wenn Nebelschwaden ziehen
und denk an Afrika
an Regenwald
und an
Gorillas im Nebel

Fahr weiter noch
und schau hinein ins Becken
von Oberpullendorf
schau auf die Hügel
auf die kleinen Dörfer
geh in die Csarda
hör dem Pista und
dem Laci-bácsi zu
wenn sie auf ihrer Geige spielen
jaj istenem, nicht immer richtig

Jutta Treiber

Geh in die Therme und genieß die Wärme
das Wasser sprudelt, Lebensquelle pur
Schau auf die Felder
gelb und grüne Flecken
schau auf die Wiesen
manche aus Beton
und Einkaufsstädte wachsen um die Städte
Kirche, Hauptplatz, Brunnen
Kika, Hofer, Billa
im Schilderwald verirrt man sich zuweilen
Mac Donald's kreuzt inzwischen deinen Weg

Wende dich ab
suche die Stille
fahr auf den Csaterberg
geh durch die Kellergassen
trink Uhudler und lasse
dich berauschen
genieß die Freundlichkeit
der Menschen an der Grenze
hör wenn du durchfährst
ihre vielen Sprachen

Es ist ein gutes Land
trotz Wiesen aus Beton
und Schilderwald
es ist ein gutes Land
sind gute Menschen

Der Feuerbot spricht:

Weiden brinnt, Apetlon brinnt,
Kittsee ist verbrunnen.
Der See ist rot,
der Himmel rot,
als käme schon die letzte Not,
als täte der Herr durch die Wolken schreiten,
um mit dem Antichrist zu streiten.

Der Türk ist da, die Hungern und Tartern –
wer kann wohl die Leut am besten martern?
Sie schneiden die Frucht aus dem Mutterleib,
sie schänden das Kind, die Jungfrau, das Weib,
sie schleppen in Scharen
die Knaben fort,
daß sie lernen den Mord
und dem Padischah dienen als Janitscharen.

Laß liegen den Hobel,
laß fallen den Hammer,
laß den Kessel am Herd,
das Bett in der Kammer!

Totengräber, wirf weg den Spaten –
heut muß gar mancher der Grube entraten –
steig lieber zum Turm!
Lait Sturm!
Lait, lait!
Ein anderer lauf,
weck den Pfarrer auf,
daß er mitnimmt das hochwürdigste Sakrament!

Rennt! Rennt!
Holt das Vieh von der Halt!
Treibt die Säu in Wald!

Dann aber schnell,
über Straßen und Felder,
durch die dunkelsten Wälder,
ob die Sonne scheint,
ob der Regen greint,
nach Zell,
nach Maria Zell,
wo die Mutter Gottes den Mantel breit't,
daß der Türk um den Berg in die Irre reit't!

Lait, Mesner, lait, lait!

Weiden brinnt, Illmitz brinnt, Apetlon brinnt,
Kittsee ist verbrunnen,
Parndorf verbrunnen.
Von allen, die drin gewesen sind,
ist keiner entrunnen.

Lait, Mesner, lait, lait!
Hört, was der Feuerbot schreit!

Nehmt Weib, Kind und Kuh,
schaut nit nach Stadel um, Haus und Truh!
Der Herr hat's gegeben,
der Herr hat's genommen –
der Bauer wird wieder kommen!

Ana Šoretić

Gradišće

zemlja na granici
ograničena ili otvorene –
oblok prema istoku
preobražen u vrata slobode
most med Hrvati
četverih držav
sedamdeset ljet
na rubu države
neko vrime
postala si
sredinom Europe …

Anna Schoretits

Burgenland

siebzig Jahre
am Rande des Staates
unbeachtetes Grenzland
oft unverstanden und belächelt –
da verwandelte sich
das Fenster zum Osten
in ein Tor der Freiheit
und
vorübergehend
rücktest du
ins Zentrum Europas …

Eisenstädter Bergkirche

Über dem Tiefschlaf der Stadt
mit den buckelnden Dächern
hältst du, leuchtender Turm,
gläubige Wacht.

Hebst die barocke Helmzier
aus dem Geheimnis der Grotten,
wo sich noch immer das Opfer
göttlichen Leidens vollzieht.
Erstarrtes Schauspiel großer Gebärden –
die Farben versickern träg in der Nacht.

Kindlich fromm steigt Erlösung
empor auf gewundenen Treppen,
entschwebt als Verkündigungsengel
weit in den kaltblauen Raum.

Tief unten
in den dumpfen Höhlen der Häuser
schlafen Schuld und Verzweiflung,
irrlichtern geträumte Ängste,
lauert der Schrei der Gewalt.

Doch du, mystischer Bote,
in unberührbarer Reinheit
verläßt du die Niederung blicklos.

Über den hohen Himmel
zieht fern ein schmaler Mond.

Klara Köttner-Benigni

Haydns Gartenhäuschen

Brüchig
der Finanzkoloß
wie sich jetzt zeigt
An der Kreuzung
blinkt und hupt
nervös Gefahr

Doch immer noch steht
sein Häuschen daneben
aus dunklem Holz
auf Pfeilern ruhend
und mit der Stiege hinauf
(eher einer Hühnerleiter):
seine Zuflucht
in das Himmelreich
der Töne

Vagiß nit dei(n) Muidaspro(ch)!

Vagiß nit dei(n) Muidaspro(ch)!
Du vagißt sist af Gout
und a af dei(n) Muida,
de(i) beibroucht dia s' hout!

Wal Gout und die Muida
hom dia nit na' s Le(i)m,
a d' Spro(ch), daß du re(i)dn kau(n)st,
de(i) hom sie dia ge(i)m.

Ana Šoretić

genius loci pannonicus

reci-ti reci-ta
neki zna jezike dva

sprichst du deitsch
dann reicht es schon
zabi svoj
krowodnton

in der schule i na cesti
deitsche sproch će se zaplesti
ne načinjaj mischkulanz
ne tvrdi zwa is mehr ols ans

hiti rič u woschmaschin
veljek vidit ćeš gewinn
novi stolz će ti donesti
i govorit ćeš engleski

sve je bolje nego svoje
morgen sprechen wir jur troje
spanisch englisch i kineski
to je weltsproch to je kneski

tako kanim bleib dabei
zabi ta svoj krowotei

Helmut Schelsky

Späte Heimat Burgenland

Schlaining, Drumling, Goberling,
Neumarkt, Neustift, Oberschützen,
Siget, Kemeten und die Wart,
Hodis und Podgoria:
DAS IST HEUTE MEINE WELT.

Heanzen, Ungarn und Zigeuner,
Juden, Kroaten und Walachen,
Rote, Schwarze, Ehemalige,
AB, HB und RK.
DAS IST HEUTE, WAS MICH HÄLT.

In Oberwart gibt es sechs Friedhöfe.
Die Flüchtenden haben zusammen gelebt,
aber die Herkunft trennt sie streng im Tode.

Die Fluchtgewohnten nahmen den Fremdling auf,
so daß er hier eine späte Heimat fand.
Werde ich meinen eigenen Friedhof haben?

Peter Paul Wiplinger

Roma

euch hat man vergessen
ihr seid nicht aufgezählt

unter den opfern
des grauens

noch immer
spielt ihr uns auf

bei szegediner gulasch
und gänsebraten

die trauer wird musik
und ihr bleibt anonym

man nimmt euch höchstens
hinein in unsere mitte

als schimpfwort
als abschreckendes beispiel

ihr habt keine organisation
und keinen staat

ihr seid nur die zigeuner
romas menschen wie wir

baxtalo ilo

Kana bi tu ilea džanesas
sar san baxtalo
ando kolin e Romengo,
ni bi nikad ačhesa
te mares.

Amari đili si maj zurali
katar o džungalipe e sapeso.
Amari jag si maj tati
katar e jag e khamesi.
Dikh čhona matea,
sar baxtale đilaben thaj ćhelen
e Roma tala izdrape e jarkoso
thaj e lautako.

Ilija Jovanović

Glückliches Herz

Wenn du, mein Herz, wüßtest,
wie glücklich du in der Brust
des Zigeuners bist,
würdest du
nie aufhören zu schlagen.

Unser Lied ist stärker
als das Gift der Schlange.
Unser Feuer ist wärmer
als der Strahl der Sonne.
Sieh, trunkener Mond,
wie glücklich der Zigeuner
zum süßen Lied der Violine
tanzt und singt.

Übersetzung aus der Sprache der Roma gemeinsam mit dem Autor von Mozes F. Heinschik

otthun

ha e pár napra hazamenek
mas ember vagyok, jefogult
mind ha fejbe útött vuona valaki
jecsuszik ez idüöm
és minden sorokba nekemugrik
e multom

öregapám Iakodalomkalaptja
e bucsuzuoleviel ez elsüö szeretüömtü
egy oskolafüzetem egy ötösje egy
»csak éccér íl ez ember« cimüö
irományra

ha barátokat hozzok velem
nem iertik hogy mier
uorakáthosszan beszinünk
autuobalesetékrü, ez erdüökrü
hogy mennyit fizetnek idien
e gabonáier
meg e buzáier
meg a fáier
nem iertik hogy tulajdonkípen
oaru beszinünk mit Iegjobban
szeretnünk, e hatarunkru,
e faluru

Zuhause

wenn ich für ein paar tage nach hause fahre
bin ich ein anderer mensch
benommen als ob mir wer auf den schädel geschlagen hätte
zerrinnt mir die zeit
und aus jeder ecke springt
mir meine vergangenheit entgegen

der hochzeitshut meines großvaters
der abschiedsbrief meiner ersten freundin
ein schulheft mit einem fünfer für den aufsatz
mit dem titel
»man lebt nur einmal«

wenn ich freunde mit mir bringe
verstehen sie nicht
warum wir stundenlang
über autounfälle reden
über die wälder
wieviel man heuer für das korn zahlt
und wieviel für hafer und für holz
sie verstehen nicht
daß wir eigentlich über das reden
was wir am meisten lieben
unseren hotter
unser dorf

anyámje jemennünk
e temetüöbe muskátlit
üötetnyi
mikor visszagyünnünk
anyámnak vides e szémé
ez ennyiem száróz
ez ebid elüött beszigetnünk
ez unokatestvíremnek e családjáru
nímetországba
ez amerikai barátnüömrü
nem beszinünk
igy is megiertjek
hogy mirü van e szuo

anyám meg ien
kiet véterán
e partizánháborúba

tudjok minde ketten:
e szerelem e klasszikus árulás

mit meiner mutter
gehen wir auf den friedhof
muskatl setzen
wenn wir zurückkommen
hat meine mutter nasse augen
meine sind trocken
vor dem essen unterhalten wir uns
über die familie meines cousins
in deutschland
über meine amerikanische freundin
reden wir nicht
wir wissen auch so
worum es geht

meine mutter und ich
zwei veteranen in einem
partisanenkrieg

wir wissen alle beide
liebe ist der klassische verrat

Übersetzung aus der Sprache der burgenländischen Ungarn
von Gerhard Baumgartner

Herbstfrost vor Rust

Auf Stunden hin steht aufgeschlossen
das Land vor Rust, wenn lang der Schnee
nicht kommt; wie aus Metall gegossen
liegt blank in seinem Bett der See.
Die Binsen stehen längst geschnitten
zu fahlen Kegeln aufgestellt;
die toten Wasserrinnen kitten
dem See zu das geborstne Feld.

Längst abgeerntet sind die Reben
am Hang, gefallen ist das Laub;
das Gras zerkrümelt in den Gräben,
weiß auf den Schlehen liegt der Staub.
Die Pfähle knarren sacht und springen
der Maserung nach auf im Glast,
der durch die Rieden flirrt; es schwingen
die Spinnen schwarz von Ast zu Ast.

Die Lesestare sind verzogen,
die letzten Schnarren sind verstummt;
tief ausgebuchtet gleißt der Bogen
der Bläue, der vor Stille summt.
Und was an sich ihr Gleißen bindet
so stark, daß es ein gutes Stück
zu schweben wagt im Herbstfrost, findet
nicht in der Krume Schutz zurück.

Loretto

Drinnen Gebete um Hilfe, Erlösung, Erbarmen,
dann ein Choral, und des Orgelwerks Wind schlägt
heraus
durch die offene Türe und kühlt die vom Nachmittag
warmen
rosigen Äpfel im Grünen vorm heiligen Haus.

Stehn nicht wie wartende Pilger die raunenden
Bäume?
Nickt nicht die Nymphe als Schwester der goldenen
Schar
geigender Engel? Es blaun als verbündete Räume
Herbst überm Eichwald und Ewigkeit überm Altar.

Käme die Mutter des Herrn jetzt des Weges gegangen,
blieb' sie gewiß eine Weile beim Wespenton stehn,
sammelte Lächeln vom Obst auf die eigenen Wangen,
um nur noch holder zum Volke hinüberzugehn.

Frieda Hirsch

Gattendorf II

Augustsonne und Stoppelwind
brennt und weht mir
in das total ausgelieferte,
vom Suchen zerfurchte Gesicht
der immerwährenden Hoffnung.

Alfred Gesswein

Steinbruch St. Margarethen

Hierher
kommt der Mensch
und sucht betroffen
von der Gewißheit
im bröckelnden Fleisch
des Steines,

darein
das selige Lamento
des Regens, die Feste
des Windes leise und stürmisch
hingesprochen über den Ginster
begraben sind,

sucht
nach den
schwirrenden
Vogeljahren
mit blitzenden
Schwertern geritzt.

Anna Buzanits

Burgenländisches Angerdorf

Gleich einer Wagenburg
zusammenschauen,
den Rücken trotzig gekehrt
der feindlichen Welt,
rührend hilflose Geste
in der Schutzlosigkeit
der weiten Landschaft.
Und jeder Hof für sich
wieder abgeschlossen,
kein Fenster
zum Nachbarn,
wohl aber stets
eine offene Tür!

Josef H. Stiegler

Burgenland

Ebene am See,
Grenzdorf am Schilf.
Noch ein Sommertag,
doch das Jahr hat sich schon geneigt.
Die Nester
über den Dächern sind leer,
keine Störche steigen mehr auf
und glätten im Flug das Land.
Den Häusern
sind ihre Hüter verlorengegangen,
die weiße Gefiederwolke
steht nicht mehr über dem Schornstein.
Dem Abend fehlen die Gäste,
ohne Einkehr scheidet der Tag.
Nur der Hund bettelt und bellt.
Im Steinbruch
sind die Bildhauerhämmer verstummt;
dort atmen die Felsen jetzt
Vergangenheit aus.
In rotem Silber
ertrinkt der See.

Klara Köttner-Benigni

Neueste Nachrichten

Die Kuhlacke
in den Fronwiesen bei Eisenstadt
trocknet aus
Aber unterm Thenauriegel bei Breitenbrunn
kannst du
wenn du aus Waldschluchten aufsteigst
von blütenbesäten Kuppen
immer noch die Weite
des Neusiedler Sees erblicken
grünlich in Schönheit schimmernd
bis ans Ende der Welt

Norbert Conrad Kaser

Burgenland

das glas der hitze
blendet den blick
die keller atmen kuehl
den dunst des weins

die straßen sind leer
und weisen nach ungarn
von wo esterhazy kam
und die ebene weite

und der klang das kleid
die feurige melancholie
schwarzbrauner nackter maenner …

Alfred Gesswein

Schilfhügel bei Illmitz

Wenn du hinaus gehst
zu den gedrehten Schilfhügeln
bei Illmitz, löst der Sommer
seine Anker aus den Brunnen,
es sind keine Störche mehr
über dem See …
Der Weinhüter läßt seine Hand
für dich in den Himmel stehn –
und du wirst dennoch den Weg verfehlen.

Aber wenn die Tiere seltsame
Zeichen auf dem Rücken tragen,
dann kehr um, geh nicht über die
gedrehten Schilfhügel hinaus –
dann bist du überall gewesen,
dann hast du alles gesehn.

Frage den Stein oder die Heckenrosen,
immer noch blühen sie über dem Schutt

Johannes Lindner

Auf dem Magdalensberg

Frage den Stein. Oder die Heckenrosen
antiker Gärtner.
Immer noch blühen sie über dem Schutt
zerscherbter Amphoren.
Bis an die Knie aufhebt der Wind
vieler Mäntel herbstmodriges Gold
und entblößt
die purpurnen Vogelfüße der Tänzer.

Nur die grüne Nymphe Niume
– geküßt vom Quellenmunde des Waldes –
kehrte mit ihren Gespielen
ins Dunkel zurück,
in die tragische Tiefe der Zeiten.

Wo ist Noreia?

Sag Asche,
auf der Zunge der Toten
uneingelöst die Münze
noch immer.

Der bärtige Senne beim Herdlicht
ist nur ein Traum aus Rauch,
wenn er den sternhellen Himmel
über die Zither spannt,
seine Hand, verrunzelt wie alte Trauben,
das Schlängeln
der kleinen Natter nachahmt,
den Flug des Vogels
über wilderen Feldern.

Guido Zernatto

Die Sonnenuhr

Die Sonnenuhr an unsrer Kirchenwand blieb stehen.
Es war im Sommer, früh am Nachmittag,
vom Zaun her warfen die gespitzten Latten
ins Zittrige der Schwüle ihre langen Schatten,
und auf dem Kreuze glänzte golden der Beschlag.

Der Zeiger aber, der wie eine Lampe ragte,
hing frei ins Licht und schien nicht da zu sein.
Dort, wo die Ziffern auf den Stundenschatten harrten,
war nichts wie Licht, und nur die zarten
Goldringe, die das Kreuz warf, zuckten hell im Schein.

Die Bauern waren auf den Feldern draußen.
Der Mesner schlief in seiner Stube unterm Turm.
Kein Mensch begriff. Nur meine Finger wiesen
gespreizt vor Angst ins Nichts. Dann stießen
Winde ins Tal, und gegen Abend kam der Sturm.

Georg Drozdowski

Kärntner Elegie 1945
Ein Zwiegespräch

Da ich herkam, blich die Erdbeerblüte
und bald blutete die Frucht.
Vor der Sorge warst du auf der Flucht,
armes Herz, das sich in Sehnsucht mühte.

Dunkel blaute dann die Heidelbeere
an dem Hang, den einsam ich erstieg.
Waren auch beendet Tod und Krieg,
blieb die Leere.

An den Himbeersträuchern lockend stand,
was an Saft und Süße rot sich bot,
doch mit Bitterkeit und Not
war die Seele voll bis an den Rand.

Brombeerranken hemmen meinen Schritt,
der im Walde Ausruhn sucht und Stille,
bieten ihre Gaben mir in Fülle.
Und ich leide, wie ich litt.

Aber wenn auch diese Zeit verrann
in dem bitterschönen Tale
und die Nuß sprengt braun die grüne Schale,
was wird dann?

Josef Friedrich Perkonig

Längst schon liegt auf allen Fluren Schnee

Längst schon liegt auf allen Fluren Schnee,
und des Jahres dunkle Blüten blichen,
doch mit ihnen auch die Schmerzen wichen,
leiser wurde auch das erste Weh.

Und an einem letzten Himmelssaum
dämmert eine erste Morgenröte.
O, es enden alle Lebensnöte,
und aus schwarzem Schlaf wird goldner Traum.

Ewig dauern kann kein Erdenschmerz,
und in jedem sind des Trostes Keime
wie die Bitternis im Honigseime.
Sei nur mutig, kleines, dummes Herz!

Michael Guttenbrunner

Lebenslauf

Althofen ist mein Wiegenort.
Mein Vater liegt begraben dort,
der aus der Krasnitz kam,
in Weitensfeld die Mutter nahm,
die von Feldkirchen stammt.
Im Krappfeld wuchs ich erst heran,
dann unter Karnburg an der Glan,
an Adern und Gebeinen.
Ich kniete oft im Gurker Dom.
Mein Heiliger Vater ist in Rom.
Ich scheue von euch keinen,
den Schwaben und den Slawen nicht,
steh' ich auch keinem zu Gesicht,
ihr Ober- und Unterkärntner.

Auf euren Streit nicht mehr gespannt,
bleib ich vier Bergen zuerkannt,
durchs Sakrament der Taufe,
die ich mir heiß erlaufe.
Helenen-, Ulrichs-, Göseberg,
Laurenziberg! – und ich ein Zwerg
in Bergerlaub und Pilgerweg,
an aller Gräber Türen
geheimes Wehn zu spüren.
Drei Schaufeln Erde auf mein Grab,
ihr Kärntner frei und ungeteilt,
wenn ich einst frei und ungeteilt
mich aufgelöset hab!

Maria Nestler

Ursprung

Die wilden kirschblüten
das weitgespannte
gewölbe der föhnhimmel
täler täler berge
das vielstimmige singen
die echolaute
das ist es was mich
bindet die
ungestillte sehnsucht nach
der wurzel meiner
beiden sprachen sie sind
baumwollflocken
ungepflückt auf den
feldern meiner heimat
ich möchte sie ernten
das grün das grün das
himmlische blau die
blumenkränze auf
männerhüten zum
kirchweihtanz und
die kehligen stimmen den
wechselgesang in
beiden sprachen das ist
Kärnten.

Drava, povej!

Na hribu stojé
oziram se okrog.
V dolini polje
spi v sanjah in log.

Kot žalobni pas
skozi vije se tok,
ob njem stoji vas.
Od tam slišim jok.

Kaj toži žena
na pragu stojé,
da družinica vsa
z njo toči solzé?

»Domačini bili«,
vzdihuje žena,
»vaščani smo vsi;
tu bili smo doma.

Tuj zdaj se je zdrah
vsesal samopaš
in brani nam prag
prestopiti naš.«

To tvoja je vest,
oj tužna žena.
Za tabo nezvest
se odpadnik smehlja.

Drau, sag!

Ich stehe am Hügel
und blicke um mich.
Feld und Hain schlafen,
träumen unten im Tal.

Wie ein Trauerband
windet sich ein Fluß.
An ihm ein Dorf.
Von dort hör ich Weinen.

Was klagt die Frau,
die da steht an der Schwelle,
und die kleine Familie,
die mit ihr Tränen vergießt?

»Einst waren wir«,
seufzt die Frau,
»hier alle zu Hause,
eine Seele, ein Herz.

Doch fremder Streit
nistete hier sich ein
und verwehrt uns nun
die eigene Schwelle.«

Das ist deine Botschaft,
o traurige Frau.
Hinter dir lächelt
der Ungetreue.

Oj Drava, sestra,
naštej mi vasi,
kjer tužna žena
na pragu stoji!

Naštej mi vasi,
kjer ni več solzá,
kjer jezik naš spi
v pozabi groba.

Štej tudi vasi,
v katerih sovrag
ni imel še moči,
prestopiti njih prag! –

Oj Drava, le štej,
preglej nam vasi;
živečim povej,
kje in kdo še živi!

Drava, le štej!
Preden končal
se časovni bo val,
stanje še slednjič,
Drava, povej!

O Drau, Schwester,
zähl auf die Dörfer,
wo diese traurige Frau
an der Schwelle steht!

Zähl auf die Dörfer,
wo keine Tränen mehr sind,
wo unsre Sprache schläft
in des Grabes Vergessenheit.

Zähl auf die Dörfer,
in denen der Feind
noch nicht die Kraft hatte,
ihre Schwellen zu überschreiten! –

O zähl nur, Drau, zähle,
sieh in unsere Dörfer alle;
und den Lebenden sage,
wo wer noch lebt!

Drau, zähl nur, zähle!
Bevor die Woge
der Zeit vergeht,
sag noch zum letzten Mal,
wie's um uns steht,
Drau, sag!

Übersetzung aus der Sprache der Kärntner Slowenen
von Fabjan Hafner

Fran Eller

Dan medli

Dan medli ... že pod peruti
laz in leho vzel je mrak;
le tam daleč, tam nad Ruti
jasen še drži se trak.

Bolj in bolj prameni živi
v lakomno bledijo noč;
hira, umira v motnji sivi
zadnjim čelom svêtla moč. –

Zarje daleč za gorami,
dobrih, davnih sreč spomin,
ah, da mogel bi za vami
čez mrakove teh dolin!

Čez doline nad mrakovi
gre za vami le moj sen,
tih oblaček, še z robovi
zadnjih žarkov pozlačèn.

Fran Eller

Zur Neige geht der Tag

Zur Neige geht der Tag … Unter Fittichen
des Dunkels Beet und Rodung;
nur weitab über Kreuth
ein helles Band

Nach und nach verblaßt es
in der gierigen Nacht;
der Gipfel letzte helle Kraft
verkümmert, stirbt dahin im grauen Dämmer.

Abendrot fern hinter Bergen,
Erinnerung an längstzerronnen Glück,
ach, könnt ich mit
aus diesen dunklen Tälern!

Über Täler, Finsternisse
zieht mein Traum,
ruhige Wolke goldgesäumt
durch letzte Sonnenstrahlen.

Übersetzung aus der Sprache der Kärntner Slowenen
von Peter Kersche

Michael Guttenbrunner

Der Kärntner Slowene

Ein zurückgebliebener Fisch,
wo die Flut verrauscht
und abgezogen ist.
Nur wenig Wasser mehr.
Bald ausgetrocknet, erstickt,
mit dem Rücken zur Wand der Karawanken,
so steht er da.

Bernhard C. Bünker

De »Neie Heimat« ...

Duat geats ma nit hin
hobnt sie gsogt
da Leara, da Pforra
und de Öltan –
Wißts eh
wia de Kinda duat san –
Oba ollewal samma
obe ins Untadoaf
wo de Sun im Winta
drei Monat long
nit hinkemmen is
Zwischan de Heisa
de Eisplottn
Um Fünfe de Männa
olle im blauen Oabeitsgwond
vuasichtig, kniawach
iba de Eisplottn
zan Schichtwexl umme ins Weak
oda von duat ham –
Und wia
bei unsare Freind
in iagndana Wohnkuchl
wonn uns lei neamnd dawischt
beim Hamgean
aufe ins Obadoaf ...

Andrej Kokot

Wunsch

Laßt mich hier,
am Rande des Abends,
um die Sonne hinter den
Rücken vom Dobratsch zu begleiten,
um zu sehen,
wie das Leben
im Dorfe stirbt,
um zu hören,
wie die Liebe
in die Behausungen kehrt.

Laßt mich
die Stille der Nacht belauschen,
einen Augenblick nur
aus der Reihe treten,
um jenen schlichten
Menschen zu begegnen,
die in der Erde
ihre Spuren ließen,
um ihre Gesichter zu berühren,
ihnen die Hände zu reichen.

Egon Geier

Julier nach dem Regen

Die Berge rauchen nach dem langen Regen,
nur zögernd geben sie die Blößen frei,
die Sonne strählt aus einem steilen Fenster
und schlürft wie dicke Milch den Nebelbrei.

Grat wächst um Grat aus früher Unsichtbarem
im Violett, das ferner grau getönt,
und schiebt Kulisse um Kulisse höher,
die mählich sich im bleichen Dunst verströmt.

Von tiefen Böden schwillt das Herdenläuten
als satter, dumpfgefärbter Chor herauf,
ein Zugpfiff steigt, ein Laut vergessner Welten,
und reißt die Tür des starren Schweigens auf.

Der Mangart hebt, ein Riese nach dem Bade,
sein Stahlhaupt in die überweite Schau,
und der Montasch reckt seine kloben Schultern,
stößt seine letzte Wolke in das Blau.

Caspar Franz Pertunig

Vor den Karawanken

Von den schrägen Zäunen
fällt
der Sommer.

Die Schnecken
haben
die Häuser
verlassen.

Die Fische
im Bach
loten
die Strömung
aus.
Sie liegen
bei den Steinen.

In den Ähren
erwacht
das Brot.

Eine Handvoll Salz
weit
ist es
Herbst.

Edith Streicher-Thorndike

Tauernfahrt

Tauernwind tanzt über Firnen
Tiefbeschneiter Bergeshöhen,
Wirbelt Schnee wie weiße Flammen,
Die im Ätherblau verwehen.
Tauernwind singt, Wipfel wiegend,
Die den Gipfeln nahe thronen –
Jauchzt – und weckt aus weißem Schlafe
Goldnes Licht der Lärchenkronen

Caspar Franz Pertunig

Faakersee im Juni

Blau
fängt sein Spiegel
den Himmel.
Grün
geht die Lärche
durch ihn
und die Fichte setzt
dunkle Zeichen.
Im Wind
aus dem Abend
liegt schwebend
die Schwalbe;
weiße Wünsche
tragen
die Möwen
aus ihm.
Sie kommen
als Schwäne
zurück:
Schwarz,
mit Schnäbeln aus Blut,
weiß,
in der gelben Wolke Zukunft,
Dotter,
der Hoffnung ein Bett.
Spät
verdämmert der Tag:
Skorpion und Waage,
Krone und Schlange
setzen
die Zeichen.
Es ist Nacht.

Maria Gail

Maria,
sie haben dich früh verehrt
in den Feldern.

Sie haben
dein Haus
auf den Felsen
gebaut,
wo
die Gail
der Drau
zueilt.

Neunhundert Jahre her.
Die halbe Christenheit fast.

Heute
sind ihre Gebeine
die Erde
um deine Kirche.

Et hodie
ora pro nobis
Sanctissima.

Hemma von Gurk

Hausmagd Gottes
möchte ich dich heißen,
die Wirtschaft führtest du IHM in einer
entlegenen Gegend.
Den Armen bukst du das Brot,
teiltest mit der Schöpfkelle die Suppe aus
im selbsterbauten Spital.
Die Schur deiner Lämmer,
sie wärmte die Dürftigen
am Feuer des Psalmes von der Barmherzigkeit.
Ausgegossen hast du über die Stirn der
Bedrückten
das Taufwasser der Liebe
und entzündet im Blinden das hochgepriesene
Licht.
Doch karg ist der Lohn,
den Gott den Seinigen zumisst;
dir zog ER von der Nachlese
das einfache, häusliche Glück ab
und ER tat an dir,
daß sie deinen Sohn umbringen konnten,
dein Eheherr auf der Heimreise starb.

Aber gestützt auf Gott, bliebst du ihm treu,
untertan wie die Löwin dem Anachoreten
in der frommen Einöde geistlicher Versenkung.
So reifte in dir
das große Gebet: der Dom.
Den Grundriß deiner Natur,
das Doppeltürmige deines Wesens: Glaube, Hoheit,
setztest du um in Stein,

Apsis, Krypta,
Säule, Bildwerk.
Schlicht wie du warst,
warst du groß in der Demut.
Hingabst du dich IHM mit allen deinen
Ländereien,
Almen, Wäldern
und dem Himmel darüber,
in den du einst selber,
Gräfin mit dem Gesicht einer Gurktalerin,
als Heilige einziehen würdest.

Für Michael Guttenbrunner

Michael Guttenbrunner

Klagenfurt

Tief in der Mitte seiner Wucherung
steht noch, gerade noch, der Stadtpfarrturm,
und schlammverstopft, ein Siechenhäusler,
in seinem Bett der Lendkanal.

So viel, als eine Faust geballt, genügt.

Mit seinem größten Toten geht
ein grauer Wolkenstrahl und schreibt,
was dort kein Alter mehr, die Hände vors Gesicht
geschlagen, weiß.

Christine Lavant

Im Geruch der frühen Früchte

Im Geruch der frühen Früchte
und schon leicht entlaubt
bangt der Obstwald, Vogelflüchte
kreisen um sein Haupt.
Drüber wird der Himmel fahler
und ein ungewöhnlich schmaler
Mond begibt sich zart
in den kleinen Sternenanger.
Südwind rüstet sich zu langer
wilder Himmelfahrt.
Nordostwolken drohen düster,
in dem welken Schilfgeflüster
duckt sich Furcht und Hohn
und im Weidenlaub die Meise.
Alles geht im Schwermutkreise,
nur ein Glockenton
preist die Flucht der Jahreszeiten
als des Schöpfers Maß
und die frühen Früchte gleiten
glücklich in das Gras.

Wilhelm Rudnigger

Nachtwunder

Der Tag mit dornenwehen
Füßen nach Hause fand.
Blutglühende Spuren stehen
leuchtend über dem Land ...

Sie werden mählich bleicher,
schwinden im Blau der Nacht.
Oh, welch ein sternenreicher
Himmel ist aufgewacht!

Hinter dem wahnverworr'nen
Lärm geht die Türe zu –
Es blühn zwischen Tages Dornen
golden die Rosen der Ruh' ...

Ingeborg Bachmann

Im Sommer

Zwischen Schlaf und Träumen
In üppigen Wiesen
Wandert mein Blick auf
In die unendlichen Höhen.
Welch ein schäumendes Leben!
Wolke auf Wolke entschwebt
Wie die glühenden Stunden,
Die werden versinken
Mitten ins dunkle Weh
Des moorigen Teiches.
Nichts regt sich in mir,
Durch die sengende Hitze
Bin ich in Ruhe geworfen.
Tag folgt auf Tag.
Meine Augen sehen sie immer,
Die goldene Sonne.
Einmal wird sie bleiben,
Dort wo ein Schatten aufwölkt.
Bitterlich ist das Versäumen.

Jaroslav Vrchlicky

Ossiach in Kärnten

Stille Wasser. Grünende ringsum Ufer.
Ferne ahnst du riesig das Reich der Berge,
Röhricht seufzt, vorbei donnern keuchend Züge,
Flugschell enteilend.

Was, o Herze, zieht dich zum Wasserspiegel?
Was hinan zu bläulichen Himmelsräumen?
Was erklingen Herbstes gedämpfte Saiten
Auf deinem Grunde?

Ruh und Frieden. Ziel aller Lebensziele.
Wünsche schlafen, Schicksalsschlacht war – und ist nicht,
Nur dies Grün der Wasser und deine Stille,
Ewigkeit, spricht nun.

Aus dem Tschechischen von Paul Eisner

Fahren wir hinaus in die Gelände

Peter Altenberg

Vorfrühling

Plateau des Hoch-Schneeberges. Zwei Grad über Null.
Der Schnee fällt als Regen herab.
In den Bergföhren singt der Sturm.
Das Elisabethkirchlein leuchtet weiß.
Die grauen Schneehalden werden weich
und schimmern naß.
Ihr Ende ist gekommen.
Sie werden dahinschwinden,
in das kurze Gras einsickern.
Man hämmert und klopft in den Schutzhütten.
Die Tragesel hiaaaen, und die Hunde bellen freudiger.
Eine Lawine donnert zu Tal, wie der technische Ausdruck lautet.
Im Tale rinnen tausend Bächlein den Flüssen zu.
Kinder finden erste Frühlingsboten,
und die Gouvernanten fürchten sich
vor Husten und Schnupfen für ihre Lieblinge.
Im Hochgebirge ist noch tiefer Winter.
Der Bauer steht da, ängstlich und ergeben zugleich,
erhofft sich ein günstiges Schicksal!
Frau K. sagt zu dem Oberleutnant:
»Fahren wir hinaus, in die Gelände,
ich glaube, es beginnt schön und warm zu werden –.«

Semmering

Das sanfte Grün der sonnensatten Wiesen,
Zu Mandeln aufgereiht, darauf das Heu;
Die Berge schroff, doch keine Gletscherriesen –
Wie ist dies Panorama immer neu,
Ob dunstverhangen, blendend hell im Licht,
Dein Blick bewundert, er ermüdet nicht.

Dein Blick ermüdet niemals, ob kristallen
Frühhimmel klar und schwerlos vor dir steht,
Ob überm Grat sich Rosenwölkchen ballen
Am Abend, wenn vom Wald der Harzduft weht,
Mit weichen Händen um die Stirn dir streicht
In einer Luft, so kühl und köstlich-leicht,

In einer Luft, zu atmen ein Vergnügen,
Die sich verschwenderisch an dich verschenkt,
Daß du sie trinkst und trinkst mit vollen Zügen,
Wie dies Gebirg sich in dein Auge senkt –
Und hier bist du ein Mensch, kein Menschenzwerg,
Du liebst dies Land wie Peter Altenberg.

Rüdiger Görner

Silberne Knospen

Silberne Knospen
schwimmen im Sohlebecken
KUREN AUCH SIE, KUREN SIE MIT.

Gestern noch
blutende Finger auf der Tastatur.

Verlöscht Sterne,
die Kurer frühstücken jetzt.
Und wie das Stundenglas funkelt.
Trinken wir auf den Bau der Ruine
mit Grapefruit-Saft; dann die morgendliche
Schäkerei. Leicht geschlitzte Augen
lesen Menükarten: verjährte Dotter
mit Graupen und Zimt.
Und dabei kniete hier einmal ein Kaiser,
und das *Ave verum* erklang hier zum ersten Mal;
und hier skizzierte ein Tauber das Manifest der Töne.

Gondeln fehlen hier.
Und DEEP PURPLE ROCK.
Aber das Gelb wiegt alles auf.
Das in Strömen fließt.
Über den Markt, durch die Gassen
in die Kirche. Gelbes Weihwasser,
gelb parfümierte Stunden.
Und die Juden- und Türkenwitze
hinter der gelben vorgehaltenen Hand.

Und ich lehne am alten Badhaus
Und summe ein vergessenes Lied.

Kurt Eigl

Sonntagsland
(Klausen-Leopoldsdorf)

Wer träumt den Traum, in den ich wachend staune?
Der Sonnenblumen urwelthafte Schar?
Den Föhrenwald mit Stummsein und Geraune?
Des Mittags Stille, tief und wunderbar?

Mir ist, ich sinke auf den Grund der Zeit,
in Erdenalter, die schon lange gingen,
und ferner Bäume Wieseneinsamkeit
weht her zu mir auf blauen Krähenschwingen.

Talwasserrauschen schwillt und löset sich
gedankenleis im kaum erregten Winde –
und, wie ein langer Cellobogenstrich,
das Bienensummen aus der hohen Linde!

Christine Busta

Zwischen der March und der Donau

erbt der Sommer die alten Schlösser
und es kehrt das vertriebene Gras heim,
wo in den Lindenalleen
golden die Bienentrommel tönt,
an verschilfenden Teichen
die Unkenuhr Stunden zählt
und die verrosteten Tore
lautlos in Rosen aufgehn.

Paul Celan

Bahndämme, Wegränder, Ödplätze, Schutt

Lichtgewinn, meßbar, aus
Distelähnlichem:
einiges
Rot, im Gespräch
mit einigem Gelb.
Die Luftschleier vor
deinem verzweifelten Aug.
Das letzte
reitende Sandkorn.

(Die
Augärten, damals, das
gelächelte Wort
vom Marchfeld, vom
Steppengras dort.
Das tote Ringelspiel, kling.
Wir
drehten uns weiter.)

Der Sandkornritt, das
Auge, ihm zugewandt.
Die Stundentür und ihre Geräusche.

Bei Staatz

O die fruchtbaren Äcker,
die Straßen voll mährischem Wind,
ocker und grüne Häuser
in leicht geschwungener Reihe!

Hinter dem duftenden Misthaufen
leuchten rote Kopftücher, und
wer der jungen Saat nachgeht,
hört von jenseits des Flusses
Dudelsackmelodie:

Hymne des größeren Österreich.

Alfred Gesswein

Heldenberg zu Groß-Wetzdorf

Auf engen Rabatten wuchern
die grüngesprenkelten Helden
aus den chromatischen Gärten
der Monarchie –
Der Duft ihrer Blüten der Duft
von Moder und guten Kameraden
defiliert in den Alleen vor der
rostroten Einsamkeit ...

Unter blinden Feldschlangen
aus den Wacholderbüschen
aufgescheucht
steigt der Vogel Radetzky
in den schlachtblauen Himmel

Mit rosaroten Zimbeln
immer wieder ein letztes Mal
rückt in breiter Formation
der Abend gegen den Berg

Theodor Kramer

Vom Blauen Haus in Bruck

Wir schlingen morgens unsren Fraß,
marschiern zum Wassertank
und wetzen auf dem Hang das Gras
mit unsren Ärschen blank.
Wir wachsen unsre Riemen glatt,
ist unser Tagwerk aus;
dann geht, wer abends Ausgang hat,
nach Bruck ins Blaue Haus.

Es trinkt im warmen Saal sein Bier,
wem es auf mehr nicht reicht;
nur anzusehn die Mädchen hier,
macht es ums Herz schon leicht.
Wer Geld hat, der ist besser dran;
der Herzschlag setzt ihm aus,
und was er etwa noch nicht kann,
lernt er im Blauen Haus.

Im Werk die Bank, im Korn der Mohn,
die Liebste, sie sind fern;
Schrapnell und Kugel warten schon,
hat jeder seinen Stern.
Herr Oberst, eh man uns ins Feld
verschickt, laß uns noch aus,
Abschied zu nehmen von der Welt
in Bruck im Blauen Haus.

Alois Vogel

Kellergasse

Stille
Der Wind bleibt oben
Akazienblätter flimmern
Ein Wiesel huscht
Ein Klumpen Erde
kollert auf die Sohle

Die Welt
in miozänes Meer
in Muschelbänke abgesunken
ersteht aus dunklem Schoß
im Festkonzert
der Grillenbeine

Wonn is' s in Weinlond am schönstn?

Wonn vun Ofa Brotwürst schmeckan,
daß ma d' Nosna zuwireckan,
meiner Seel, i so(g) enks, Leut:
Des is d' ollerschönsti Zeit.

Wonn mia Monna, mia norrnwildn,
Durst hobm, und koan Glasl stillt 'n,
meiner Seel, i so(g) enks, Leut:
Des is d' ollerschönsti Zeit.

Wonn bei d' Mentscher, bei de d' feschn,
auf und auf de Bussln kleschn,
sakradi, i fro(g) enk, Leut:
War nit des de d' schönsti Zeit?

D' Musi scheppert, schlogt und pfugazt,
wonn de d' Irkn schneidi ju-azt,
Himml-Kreuz, i schwir enk, Leut:
Des is d' schönsti Buimazeit.

D' Schüling roasn, fufzgi, hun(d)ert,
wonn de d' Würflboding dunnert,
Kruzi-Näuln, ös wißt 's as, Leut:
Des is d' ollerschönsti Zeit.

So war iatzt de d' Fro(g) vonnötn,
wonn mia schlechti Zeitn hättn.
Monigsmal grobm s' wo oan' ein.
Lusti wird 's in Hoamzuigehn.

D' Musi spielt, in Wirtshaus kramlt 's –
»Johann-Onkl, wos, heunt tamlt 's!«
sagn auf d' Nocht de Trauergäst,
»so gmüatli is' 's schon long nit gwest.«

Theodor Kramer

Der zweite Weg

Unterm Manhartsberg hat jeder Flecken
eine Straße; aber hintenaus
zieht ein zweiter Weg entlang die Hecken,
offen steht dem Weg zu jedes Haus.

Von Fisolen sind umrankt die Zäune,
messingblank vom Stall her glänzt der Zaum;
im verwachsnen Garten steht die Scheune
und am Brunnen der Marillenbaum.

Einen zweiten Weg hat jeder Flecken
zwischen Hintergärten, Feld und Rain;
und es sieht durch Schleh- und Weißdornhecken
wer ihn geht, dem Dorf ins Herz hinein.

Vera Ferra-Mikura

Die Windmühle

Sie steht im Grünen und der schmale Pfad,
den einst die Greise und die Kinder fanden,
weist nur mehr die Verträumtesten zu ihr.
Der Wind wirbt längst vergeblich um ihr Rad,
und ihren Moder, Dachgebälk und Tür
verhängt der Wein mit festlichen Girlanden.

Wo grün der Hügel aus dem Acker steigt,
wogt das Getreide rauschend ihr entgegen,
doch nimmer fließt das Korn hinauf zu ihr.
Ein offner Fächer, fast zum Fall geneigt,
stehn ihre Flügel, die nur abends vier
vertraute Schatten auf den Goldgrund legen.

Otto Basil

Abend in Oberleis

Das Tal zu Füßen, braun und rot umblaut,
und Hügel sind schon jäh ins Grau geglitten,
nur einer dort, der noch die Sonne schaut,
ist sanften Gelbs mit seinem Korn inmitten.

Es riecht schon kühl, Geräusch kommt angeritten,
der Wind trägt aus dem Dorf den letzten Laut;
dort unten geht ein Mann mit schrägen Schritten,
das Braun der Äcker ist schon arg vergraut.

Und weithin, rundherum, ein Feld am andern,
aus dunklen Farben weitet sich das Land,
und Straßen sind, um weit hinauszuwandern –

fern blickt ein Teich, nah eines Kirchturms Wand,
Goldwolken ziehn in ruhigen Mäandern,
und Straßen sind, um weit hinauszuwandern.

Friederike Mayröcker

An ein Mohnblume mitten in der Stadt

aus meinen Köpfen sprießt
das Feuerwerk der Tränen, der
Flieder rostet, der Liguster
weht, die Camouflage des
Sommers läßt Gewitter ahnen –
Wolfsmilch besamt die Flur, die
Stare fallen, Mücken
flirren im Dorngebüsch, das
abgewelkte Blühen einer
Wolke von erbsengrüner Kirschenfrucht
gekrönt –
samt aufgeprägten kaiserlichen
Doppeladlern – Portraits auf roten Ziegeln – bröckelt
die Friedhofsmauer ab
gestützt nur noch von immergrünen
Efeuranken –
im Aufwind flügelschlagend
steht
raubvogelgleich mein Herz nach Beute äugend

Wilhelm Szabo

Das Dorf Unter-Wegscheid

Das Dorf Unter-Wegscheid
Steht am Grunde des Stausees.
Schleien schwimmen durch seine Gehöfte,
Die Teichmuschel haust in der Schiebstatt,
Im Gerätehaus
Der Freiwilligen Feuerwehr
Wuchert die Wasserlinse.
Die Glocke
Der zwiebeltürmigen
Kleinen Kapelle
Blieb oben.
Doch der ausgesiedelte
Ausnehmer Johann Gföller,
Den man später entmündigte
Und eine Zeitlang
Ins Mauer-Öhlinger Irrenhaus sperrte,
Will es beim nächtlichen Heimgang
Vom Jahrmarkt der Kreisstadt
Manchmal läuten gehört haben
In der verwunschenen Tiefe.

Richard Bletschacher

September in Drosendorf

schon abgeerntet sind die Felder
die Elstern streiten um die Krumen
schwarz überm Ufer stehn die Wälder
welk neigen sich die Sonnenblumen

entgrenzt ist nun die fernste Sicht
durch den gebleichten Himmelsbogen
quillt das geschmolzne Sonnenlicht
von Schwalbenflügen jäh durchzogen

zum End geht's mit den Sommertagen
die Störche sammeln sich auf Türmen
und hörst du nachts die Läden schlagen
dann kommt der Herbst mit seinen Stürmen

Als Hügelmensch

Als Hügelmensch, als Wald- und Weingartenmensch
hatte ich ganz vergessen, daß es auch sie gibt,
die Wassermenschen, die Aumenschen, die
ihre Wochenenden in den Badehütten verbringen
entlang den verschilfenden Seitenarmen der Donau.
Als sie den Abendzug der Franz-Josefs-Bahn
stürmten ab Kierling,
erschienen sie mir, obgleich sie dieselben
Kleider trugen
und sprachen wie wir,
exotisch mit ihrem Brackwassergeruch,
mit den glatt gewaschenen Gliedern der
unersättlichen Schwimmer, zudringlich in der Pfahl-
baumentalität
ihrer familiären Liegestuhlansammlungen
gegenüber der melancholischen Heiterkeit
von uns Wienerwaldwanderern.

Stadt der Kindheit

Straßen ihr, vom Winterwind gefegt,
Alte Säule, weiten Platz bekrönend,
Glockenschall vom Dom herunterdröhnend,
Saubrer Stadtpark, gittereingehegt:

Ach, vom frohen Kinde, das ich war,
Muß auf diesen Brücken, diesen Hügeln
Eine Spur noch mit dem Winde flügeln
Und ein Schatten wandern immerdar.

Ob ich dein auch dachte kühl und kaum,
Hab ich dennoch, Stadt, dich nie vergessen,
Immer wieder füllend fremden Raum,

Haben deine Brunnen, Türme, Essen
Meine heiße Seele neu besessen,
Neu getränkt in fern geträumtem Traum.

Christine Busta

An den Strom

Immer noch gehst du vorüber.
Schon kann ich die Augen schließen
und sehe dich: Glanz aus tausenden Wälderjahren,
Vögel und Fische, die über und in dir waren,
Trotz und Sanftmut der Uferhügel und Wiesen,
Traumgesicht aus vergeßner Sümpfe uraltem Fieber.

Sommer um Sommer warte ich dir entgegen.
Goldrute schlägt mich an verwucherten Treidelwegen,
aber ich liege reglos, trächtig und blind.
Und deine Schiffe, die fremd vorübergleiten,
tragen Gestirne erloschener Lebenszeiten,
die unter meinen Lidern begraben sind.

Donaureise des Herzens
(Vor Maria Taferl)

O Juli, fürchterliche Zeit!
Wenn Sonne mir ins Herze schneit,
wenn ich in eis'ger Glut erstarre,
vergeblich der Geliebten harre,
die auf dem höhern Lebensmeere
mich übersegelt, arme Fähre,
beladen mit der Bauernschwere,
dem Ochsenkarren in der Quere,
und meinem Koffer voll vom Leid
verflossener Gelegenheit!

Ich beuge mich zu beiden Ufern,
den Her- und den Hinüberrufern
des einz'gen Namens, den ich höre,
ertaubt für die Gewalt der Chöre.

Ich fahre durch das schöne Land,
ihr fern, und doch an ihrer Hand,
ein wenig steif, wie aus der Sippe
der Schäfer einer heil'gen Krippe.

Die Wallfahrtskirchen auf den Bergen,
sie segnen mich und meinen Fergen,
mit zweien Fingern hoch im Schwur
und tief im Spiegel deiner Spur.

Arthur Fischer-Colbrie

Nacht in der Wachau

Verlodert sind der Abendwolken Brände,
Verglüht zu Asche und verraucht zu Ruß.
Nun wachsen schwarz die Wald- und Weinbergwände
Ins Grau der Nacht, die ohne Sternengruß.

Die Burgen fallen heim in ihre Zeiten,
Von sagenschweren Winden überweht,
Und alt und einsam ist des Stromes Schreiten,
Der durch das Land als blinder Sänger geht.

Herbert Pauli

Mostviertel

Dunstschleier
vor dem Gesicht
der Au

für jeden
lüftet sie ihn
anders

Der Tisch
hat Platz
für mehr

der Speck
das Brot
der Krug
füllen ihn aus

Traktorspuren
und Pferdespuren

Mostobst dazwischen
insektenumschwirrt

die Regenlacke
spiegelt
den Himmel

Josef Weinheber

Bei Siebenhirten

Einsames Land um einen Ziegelofen.
Ginster und Distel dürr, im Glutwind verbrannt.
Steppengeheimnis, einsames Land
um einen Ziegelofen.

Halden aus Lehm und lehmiger Bruch, darin
totes Wasser steht.
Totes Wasser, wo gespenstisch die Wolke
auf dem Grunde vorüberweht.

O, die Öde der sinkenden Nacht!
Drohender Schlot und nicht geheuere Mauer,
schwarzem Rabenvolke
zur Heimstätt gemacht.

Gläsernes Rascheln im Brombeergesträuch.
Draus des verheimlichten Mords entsetzliche Trauer
aufgeht über Mauer und Teich.

Wiener Neustadt

Gekrönt
von großer Vergangenheit
hat sie auch
die schweren Schicksalsschläge
des letzten Weltkrieges überwunden.

Neu erbaut
steht nun die einst zerbombte Stadt
im Gefüge
vergangener Jahrhunderte
mit der Gegenwart
eng verbunden.

Zeugen
der Bomben
Zeugen
des Elends
Zeugen
der Not
sind die stillen Helden
der einst zertrümmerten Stadt.

Mödlinger Abzählreime

Krauste Linde, Breite Föhre,
Volkstanzgruppen, Heimatchöre,
Parkhaus, Amtshaus, Schöffelhaus –
weißt du weiter? Du bist raus!

Othmarkirche, Buschenschank,
Waldduft und Benzingestank,
Eislaufplatz und Eissalon,
du bist raus, schleich dich davon!

Faschingsnarren, Kleinstadtenge,
holde Burschenschaftsgesänge,
Capitol und Bahnhofsklo,
du bist raus – bist du jetzt froh?

Schwarzer Turm und Aquädukt,
sinkendes Sozialprodukt,
Friedhofsmauer, Feuerwehr –
bist du tot, dann brennst nicht mehr!

In der alten Burgruine
saß er einst auf einem Stine,
jetztn sitzt er nimmer dort,
du bist raus – und er ist fort.

Ernst Jandl

aspang, n. ö.

halt umschau hier und kurze rast
so über dir der himmel blau
bis du es still genossen hast
das schöne tal im wechselfrau

September in Hochegg

Die Wiese leuchtet golden,
als ob noch Frühling wär,
doch aus dem Wald duftet Abschied.
Im Holunder schaukelt still
die schwarze Dolde,
rot glüht die Vogelbeere im Geäst.
Das Birkengrün hängt stumpf und müde,
vom Staub des langen Sommers schwer.

Vergiß den Frühling, Herz,
dies Gold ist nicht der Löwenzahn.

nicht alle ober sind österreicher

Nikolaus Lenau

An den Ischler Himmel im Sommer 1838

Himmel seit vierzehn Tagen unablässig
Bist du so gehässig und regennässig,
Bald ein Schütten in Strömen, bald Geträufel;
Himmel, o Himmel, es hole dich der Teufel!

Gurgelst wieder herab die schmutzigen Lieder,
Hängen vom Leibe dir die Fetzen nieder,
Taumelst gleich einem versoffnen, zitternden Lumpen
Hin von Berge zu Berge mit vollem Humpen!

Warfst den Bergen die Kinder aus ihren Betten,
Alle Bäche heraus, und plump zertreten
Hast du die reifende Saat den armen Bauern;
Unband! wie lange noch soll dein Unfug dauern?

Wenn doch endlich tüchtige Winde brausten
Und dich rasch von dannen peitschten und zausten!
Aber du wirst von Stunde zu Stunde noch frecher,
Lümmelst schon dich herein bis auf unsre Dächer.

Hast an harten Felsen den Kopf zerschlagen,
Und noch bist du nicht hin, seit vierzehn Tagen!
Blinder Unhold! es ist das Auge der Sonnen
Und das Auge des Monds dir ausgeronnen.

Ungastfreundlicher Strolch! die schönsten Frauen
kamen, zu baden und das Gebirg zu schauen;
Baden können sie gnug, doch den Hals nie strecken
Aus dem Tale, dem riesigen Badebecken.

Hätte Ischl nur dich und seine Solen,
Hätt' ich mit einem Fluche mich längst empfohlen;
Doch nebst dir und deinem Wolkengewimmel
Hat es zum Glück noch einen andern Himmel!

Peter Altenberg

Vom Land zurück

Man ergibt sich ins Unvermeidliche,
findet sogar noch einen melancholischen Reiz darin,
Auf dem kleinen Berg-Bahnhofe Abschied zu nehmen
von Wiese, Bach und Wald.
Der Ennsberg jedoch ist völlig verschwunden in
Herbstesnebeln.
Beim Park-Bade (Herren und Damen getrennt)
liegt auf den schmalen weißen Wegen gelbes
feuchtes Laub. Adieu!
Im engen dumpfen Waggon-Gang zieht Dich ein
fremder Baron ins Gespräch; über oberösterreichische
Verhältnisse.
Plötzlich bist Du in Wien!
Alles ist geschäftig, und es Dir, als würdest Du
momentan
zurückverzaubert in einen öden »Städter«!
Hurtig und aufgeregt geschäftig (Du hast Gepäck mit)
wirst Du wie nie
seit langen,
gleichmäßigen Wochen!
Dein Zimmer! Undankbarer, hast du es vergessen?!?
Es ist wie Du es verlassen hattest!
Und Dein Bett, Polster, Decke, sind viel viel besser als
Dein Landbett war.

Alexander Lernet-Holenia

Hochwasser im Salzkammergut

Es regnet tagelang und nächtelang.
Die Zimmer stehen leer. Die Autobusse
aus Tölz und Berchtesgaden bleiben aus.
Des Ortes Vizebürgermeister, selbst-
verständlich SPÖ, hat schon erklärt:
Wenn das so weitergeht, so glaubt er doch noch
an Gott, und sei's auch nur, um ihm die Schuld
an der verregneten Saison zu geben.
Im seichten Wasser, zwischen Treibholz und
Orangenschalen, schaukelt ein Kondom.
Der Bürgermeister, selbstverständlich Ö-
VP und Landtagspräsident, hat's selbst-
verständlich unbenützt und wie es dem
Gesetz entspricht, nach dem er angetreten,
hineingeworfen, nur damit man glaubt,
in diesem Orte wäre etwas los.
Umsonst! Es ist nichts los in diesem Ort.

Auf einmal aber, wehe mir, was ist dies?
Auf einmal fallen Sonnenstrahlen, bleich wie
die ungebräunte Haut der Sommerfrischler,
auf das Parkett. Ein Schnellboot lärmt vorbei
mit einem dicken Kind auf Wasserskiern.
Schon rattern allenthalben die Motoren
und es verstopfen Riesenautobusse
voll lebenshungriger Gelsenkirchner
den Ort, in dem nichts los war. Ach, und jetzt?
Der Bürgermeister dankt zwar noch dem Herrn,
der Vizebürgermeister aber, kaum daß
es schön wird, leugnet das Vorhandensein
des höchsten Wesens wieder. Kurz und gut:
im ganzen Orte ist der Teufel los ...

Ernst Waldinger

Salzkammergut

Die Berge nicht zu schroff, doch steil genug;
das Grün gedämpft, daß in der Hoffnung Mut
die Sehnsucht noch mit süßem Atemzug
in aller Wälder Brandung rauschend ruht.

Der Himmel steht mit Stern und Wolkenflug
in vieler Wasser demutstiller Flut;
wenn gipfelabwärts sich des Nebels Brut,
ein Geisterlindwurm, durch die Schluchten schlug,

dann weicht die Wirklichkeit, wird irgendwie
die Welt, die jenseits liegt, ein leerer Trug,
und wie man letzte Herdglut mit dem Krug
am Abend auslöscht, lischt, was lärmt, was schrie,

unendlich aus in Regenmelodie.

Helmut Doyscher

Dunkel das Wasser der Traun

Dunkel das Wasser der Traun,
so lautlos floß es schon
lange nicht mehr,
ein Lernender immer noch
nach weit mehr als einem halben Jahrhundert,
lehn ich am Brückengeländer,
seh in das verschwimmende Glänzen.

Wie sich alles verwischt,
die Spuren verwitterter Herzlinien
sich tilgen im Talwärts,
unwiderruflich
trägt sichs davon.

So prägt mich der Herbst schon –
in seinen Annalen
eine flüchtige Zeile.

Felix Braun

Die Berge

Wir waren arm, und so fuhren wir lang
Mit dem Personenzug.
Meine Mutter hatte nur Wien gesehn,
Und ich war jung genug.
Wir fuhren lang über hügliges Land,
Ich zählte jede Station.
Ich trug sie gleich ein in mein Schönschreibheft,
An vierzig waren es schon.

Dann wurde ich müd, und schlief ein.
Auf einmal – wie ward ich wach?
Was donnerte her? Was brach herein?
Was rauschte und sauste nach?
Es war so kühl und so finster das Grün,
Als schatteten Wände nah.
Meine Mutter zog mich zum Fenster hin,
Und ich sah:

Da ragten Berge hoch hinan,
Grünmoosig und felsigkahl,
Und einzelne Fichten hingen daran,
Und ein Wasser stürzte zu Tal.
Das Wasser, ja, das brauste so laut,
Weiß schleiernd, mit gläsernem Bug.
Kalt war's, mir schauderte es über die Haut.
Dumpf fort stampfte der Zug.

Und höher und höher stieg das Gewänd.
Woher so viel Wasser quoll?
Es floß vielleicht aus dem Firmament.
Dunkelblau und wolkenvoll.
»Das ist das Gesäuse«, sprach jemand.
Meine Mutter nickte bloß.
Heftig griff sie nach meiner Hand
Und ließ sie nicht mehr los.

Und die Berge blieben. Zum erstenmal
Im Sommer sah ich Schnee.
»Eine Gemse!« rief meine Mutter. »Da!«
Aber es war nur ein Reh.
Unter hölzener Brücke die Ache warf
Grünweißen Wellengischt.
Ah, wehte die Luft eisigkühl und scharf,
Mit Nebel- und Harzduft vermischt. –

Es war schon Abend, da stiegen wir aus.
Das Dorf lag so fremd voller Gefahr.
Unser Haus war ein altes Bauernhaus.
Alles war wunderbar.
Mein Bett nur ward zu früh zugemacht:
Es gab noch so vieles zu schaun. –
Meine Mutter weinte die ganze Nacht:
So laut rauschte die Traun.

Theodor Kramer

Mühlviertler Herbstlied

Der Hafer ist geschnitten,
rauhwangig glühn die Quitten
und reif am kahlen Rain;
zur Bleiche liegt der Lein.

Er west an allen Wegen,
not tun ihm noch drei Regen;
der erste schwemmt gar lang
den letzten Pflug vom Hang.

Der zweite schlägt die festen
Mostäpfel von den Ästen;
die Kelter preßt sie, naß
und rasch gerafft, ins Faß.

Der Lein kommt zum Verstinken,
der dritte ruft die Zinken
des Rechens; mit dem Ost
folgt bald nach ihm der Frost.

Bettina Balàka

Hallstatt

die Versteckspiele der Schwerter
in den Gräbern
wo ein Ring von Kriegern
auf die Aufgräber stieß
sie hielten alle, wird beschrieben,
das Gesicht zum Talausgang gerichtet
lagen mit Brillenfibeln befestigt
von Glas & Bernstein umklirrt

bis die Spaten
ihre salzverkrallten
Rippen aufstachen
und man sah
wo die Sole
zu Kienspangewölle
verkocht war

das alles abzutun

zwischen baumgeschärpten Gebirgen
die Entfackelung
das Aufeinanderfaulen der Stollen
das losgehämmerte Blattgold

und statt eines Hallens
die Milchmittagsstille
im Felsen eingeschluckt
lagern die Schauer
eine Zauberzille
sticht
in den See.

Dr. Owlglaß

An der Donau

Durch diese Wälder zogen
König Gunther und Gernot und Giselher, das Kind …
O wieviel tausend Wogen
Wie viele hundert Herbste seitdem zerronnen sind!

Aber noch immer rauschen
Uralter Zeiten Flügel hoch durch die Mittagsluft.
Wälder und Felsen lauschen,
und Volkers von Alzey Fiedel lacht und weint und ruft.

Isolde Lachmann

Abend am Traunsee

Erste Blitzrisse durchs
Himmelbett der
Schlafenden Griechin
Der Abend verdichtet sich
drohend
bleierne Tore schließen sich
über der flatternden Flut
Unbewegt ruht die Griechin
in ihrem feurigen Traum

Mondsee

Schwarzer schweigender See,
Spiegel des Mondes.
Im dürren Schilfrohr versteckt
wispert der Nachtwind,
einsamen Wandrern zum Trost.
Freund aller Liebenden.
Törichte Worte
verwehn mit dem Wind
in die Nacht.
Schilfgras am Ufer sich neigt –
Mondsee lächelt und schweigt.

Julius Zerzer

Blick auf Steyr

Der grüne Fluß, von Güssen angeschwollen,
die ihre Fahnen durch die Berge schleppen,
bricht aus dem Schoße der Geländetreppen,
zu trüben Stößen zornig aufgequollen.

Wie Seide glimmend, läßt er das Gefälle
erblaßter Wogen ungestüm erbrausen,
rollt um die Stadt ein geisterhaftes Sausen,
die durch Jahrhunderte an seiner Schwelle

sich auferbaut aus schwer gerafften Mauern,
den schartigen, geschwärzten Häuserzeilen,
deren Gevierte, tragend an den steilen
Blöcken der Dächer, wie im Sturme kauern

und in die Türme flackernd überspringen,
um die sich eisengrau der Himmel bettet.
Daß Stadt und Wolken, fest in sich verkettet,
das bleiche Rauschen in die Dämme zwingen.

's Hoamat-Gsang

Hoamatland, Hoamatland,
di han i so gern!
Wiar a Kinderl sei Muada,
a Hünderl sein Herrn.

Duris Tal bin i glaffn,
afn Höcherl bin i glegn,
und dein Sunn hat mi trickat,
wann mi gnetzt hat dein Regn.

Am schönern macht's Bacherl
laft allweil tal-a,
aber 's Herz, vo wo's außarinnt.
's Herz, des laßt's da.

Und i und die Bachquelln
san Vetter und Moahm;
treibt's mi wo da wöll umma
mein Herz is dahoam.

Erich Hackl

Franz Stelzhamer

Auf diesen Wegen wanderte er,
zu Fuß, ohne Arbeit und Amt
und ohne einen Kreuzer in der Tasche.
Nur Wirte, Stromer und Bauern
kannten seine Gedichte.
Nie war er im Ausland (außer
auf dem Kirtag in Passau).
Er war schmutzig.
Er hatte lange Haare.
Sein Bart fiel bis auf die Brust.
Er war im Gefängnis:
chronischer Geldmangel.
Als er jung war, schrieb er:
»Mir wird es sehr interessant sein,
Mein allmähliches Ableben zu beobachten.«
Jetzt ist er tot:
Jetzt hat er ein Denkmal.
Seine Gedichte, mit denen er
die Sprache des Volkes festhalten wollte,
werden auf Heimatabenden rezitiert.
In seinem schlechtesten Lied
verglich er die Liebe zur Heimat
mit der Treue eines Hundes
zu seinem Herrn.
Bei offiziellen Anlässen
wird dieses Lied heute gesungen.

Nie wird man in seiner Sprache
Handelsabkommen abfassen
noch Dekrete erlassen
noch Liebesbriefe schreiben.

Ernst Waldinger

Traunkirchen 1918

Das honiggelbe Licht auf weißen Mauern;
Die Kühle unterm Baum, der helle See;
Wie lange wird das Glück der Stunde dauern,
Wie lange überschwemmt sie noch das Weh
Mit Himmelsblau und heißen Sonnenschauern!

Wir waren wundgeschossene Soldaten;
Wie wohlig glitt die Wärme uns im Boot
Den Leib entlang! entgegenglucksend nahten
Die Wellenreihn; wir waren unbedroht,
Dem Tod entkommen und den Heldentaten.

Der Traunstein nur, den scharfer Glanz umflirrte,
Stieß zu mit seinem nackten Riesenkeil;
Ein funkelnder Libellenschwarm durchschwirrte
Das Glück der Stunde, seines Lebens Teil,
Und trieb ans Land, entschwand in trunkner Eil

Ins Strandgebüsch, drin fern sein Flug verklirrte …

Peter Paul Wiplinger

Mauthausen 1967

Mauthausen
herrliche perle
am Strudengau

noch heute
zittere ich
wenn ich im fieber
einer sommerreise
vorbeifahre

Mauthausen
heute ein kurort
wegen seines milden klimas
wegen der lieblichen landschaft
wegen des gepflegten stadtbildes
wegen der gutgeführten gaststätten
eine aufstrebende stadt
mit einer gedenkstätte
als fremdenverkehrsattraktion

noch heute
rieche ich
den süßen geruch

MAUTHAUSEN

Georg Britting

Der Inn

Daß der Himmel so hoch sein kann,
Wie über der Landschaft am Inn!
Du siehst ihn nicht, wo ist er denn?
Du weißt ihn bloß, wo sich die Weiden hinziehn.

Am Morgen haucht es kühl herauf:
Das ist der Atem vom Inn.
Ein Blinken schlägt am Mittag herauf –
Mehr hast du nicht von ihm.

Nur manchmal ist dir, gibst du nur acht:
Da spricht wer so vor sich hin!
Wenn die Sterne sich drehn durch die lautlose Nacht,
Da hörst du ihn.

Johannes Bumberger

Gegrüßet seist Du

Krumm und krampert
Wirr und warr,
Schief und struppig
Wie ein Narr;
So zerrauft
Und so zerzaust,
Daß der ärgsten
Sau noch graust!
Bist ausgemergelt,
Abgekragelt –
Mit einem Wort:
Verwoataglt!

Und bist mir doch
Mein Herzenstraum
Unter allen Bäumen;
Gegrüßet seist Du,
Mostbirnbaum -
So voll von Mosttrunkträumen!

Gebenedeit sei immerdar
Deine hantige Birn –
Schenkt meiner Seele Sonne
Und Nebel meinem Hirn!

Dein Rauschen aber raunt mir zu;
Wie wär's mit einem Most?
Und wenn der Krug
Dann vor mir steht,
Hör ich Dich flüstern: Prost!

Am Pöstlingberg

Nach Zwergen in der Grottenbahn
Von Urfahr über Brücken fahren
Wo Bruckner oder Stifter hausen
Gerinnt die Donaulände

Am Ende liegt die Industrie
In Linz da stinkts nach Stahl
Frankviertelideal
Krankende Schicksalsphantasie

Wie tödlich ist das Täglich
Unmöglich zu verstehen
Ein letzter Blick nach Lichtenberg
Um Anna K. zu sehen

Linzer Kindergedicht

Ich bin ein echtes Stahlstadtkind,
man sieht es mir gleich an.
Ich liebe meinen Pöstlingberg
und auch die Straßenbahn.

Mein Herz schlägt nur für dich, du Stadt
am schönen Alpenrand,
denn hier sind alle fröhlich nur,
und kana, kana want!

Und wenn ich einmal traurig bin,
dann schau ich hin zur Voest.
Da krieg ich einen Farbenrausch
und bin total erlöst.

Ein Schnauferl nur, und ich bin drauf.
Ich brauch kein Heroin,
kein Morphium, kein LSD,
weil ich ein Linzer bin.

Nur husten tu ich dann und wann,
mei Mutterl sagt mir zwar,
daß des nu gar net gfährlich ist,
bei meine sieben Jahr.

Die Tant, die leidt schon lang am Krebs,
ich mecht's mehr schnuppdiwupp.
So wie der Pepperl aus Steyregg,
an klanen Pseudokrupp.

Ich bin ein echtes Stahlstadtkind,
und ich bin stolz darauf:
Für meine Stadt, mein Heimatland,
ich gerne schwerer schnauf.

VAGÖDSGOD

Eduard C. Heinisch

Bruckner

Bruckner unser
Kreuzfahrer der Trompeten
flammender Mostschädel

Die Opfer Wotans
vom Altar gerissen
für Christi Blut

Die Knie geschunden
doch nicht gebeugt
an siedenden Orgeln

De profundis Oberösterreich
Die Klangwolken
ziehen vorüber

Franz Tumler

Wiedersehen mit Oberösterreich

ein kleines Herzstück Land
jetzt Schneefeld gleich
jetzt durchgefahren
war vielgestaltig Umgebung
erfüllte die Sinne

das Stift
die Klosterwiese Bauernwiese
die Harley-Davidson
auf der ich fahren lernte

jetzt Schneefeld
Zeichen heimzu
durch Schnee

Friedrich Achleitner

Ich bin stolz

ich bin stolz
ein oberösterreicher zu sein

nicht alle ober
sind österreicher

nicht alle österreicher
sind ober

aber

alle oberösterreicher
sind österreicher

und

nicht alle österreicher
sind oberösterreicher

jawoi

Bei Linz

Ich mit dem Tag auf den Fersen
Und die holprigen Landwege.
Hört das Gerüttel!
Hol mich nicht ein, mein Tag,
aber bleibe mir auf den Fersen.

Leise, leise fällt der Regen
nieder auf die alten Steine …

Die schöne Stadt

Alte Plätze sonnig schweigen.
Tief in Blau und Gold versponnen
Traumhaft hasten sanfte Nonnen
Unter schwüler Buchen Schweigen.

Aus den braun erhellten Kirchen
Schaun des Todes reine Bilder,
Großer Fürsten schöne Schilder.
Kronen schimmern in den Kirchen.

Rösser tauchen aus dem Brunnen.
Blütenkrallen drohn aus Bäumen.
Knaben spielen wirr von Träumen
Abends leise dort am Brunnen.

Mädchen stehen an den Toren,
Schauen scheu ins farbige Leben.
Ihre feuchten Lippen beben
und sie warten an den Toren.

Zitternd flattern Glockenklänge,
Marschtakt hallt und Wacherufen.
Fremde lauschen auf den Stufen.
Hoch im Blau sind Orgelklänge.

Helle Instrumente singen.
Durch der Gärten Blätterrahmen
Schwirrt das Lachen schöner Damen.
Leise junge Mütter singen.

Heimlich haucht an blumigen Fenstern
Duft von Weihrauch, Teer und Flieder.
Silbern flimmern müde Lieder
Durch die Blumen an den Fenstern.

Trakl-Haus, Salzburg

Zu schwer das Gewölbe:
ein Albtraum
dunkel und schön
in der schönen Stadt
zu stark und zu unverfallen
um zu hoffen auf ein Erwachen
zu alt um in ihm zu leben
zu alt um in ihm zu wohnen
und leben zu bleiben
in kühlen Zimmern ohne Sinn
Zu schön um sich
beizeiten von ihm zu trennen

Gänge und Mauern
sind Knochen des steinernen Todes
Ein eiserner Vater
half diesen Steinen keltern
den einsamen Sohn
und ihn pressen in frühen Herbst
Engel mit kalten Stirnen trugen Verwesung

Und aus dem Haus
fliehend durch enge Gassen
durch das finstere Neutor unter dem Mönchsberg
sah er drohen von oben
die Feste Hohensalzburg
die Zwingburg die
die Juden vertrieben hat
die Bauern geknechtet hat
die Salzknappen besiegt hat
Wo war da Freiheit außer in Traum und Umnachtung?

Jakob Haringer

In der Sonne von Salzburg sitzen

Im Vorhaus dunkeln roter Liebe Glocken,
Ein Fenster dreht sich leis im Wind und weint,
Den Toten macht das blonde Kind erschrocken,
Der Braunen Gast verschüttet purpurn Wein.
Am Schloßbalkon die Gräfin Biskuit knuspert,
An goldner Stiege küßt ein Gymnasiast.
Großmutter arm und müd zu Tod sich hustet,
Und morgen endet purpurn ein Phantast.
O summ dies Lied nicht mehr, es macht mich sterben,
Zu oft verstarb ich irr in Nacht und Tod.
Schau wie sich leis schon alle Blätter färben,
Wie macht uns bös dies frühe Abendrot,
Ihr armen, giftgen Lieder! Wieder eine
Erfüllung weh zereitert. – Drunten schleift
Der Teufel Mühle. Unsre Hände weinen,
Und spät des Sommers letzte Traube reift.

Alter Hof

Leise, leise fällt der Regen
nieder vor dem Tor, dem alten,
wo ich steh. An mir vorüber
eilen flüchtige Gestalten.

Drinn' im Viereck der Arkaden
mitten in dem Hof, alleine,
alt und moosig, steht ein Brunnen
aus geborstnem Marmorsteine.

Gras wächst auf zerfallnen Stufen,
längst versiegte seine Quelle.
Leere gähnt, wo einst das Becken
Wasser füllte, klar und helle.

Zwischen weißen Marmorfliesen
wuchert Unkraut; hinter Büschen
stehn zerbrochen alte Vasen
in den halbverfallnen Nischen.

Leise, leise fällt der Regen
nieder auf die alten Steine ...

Georg Trakl

In Hellbrunn

Wieder folgend der blauen Klage des Abends
Am Hügel hin, am Frühlingsweiher –
Als schwebten darüber die Schatten lange
Verstorbener,
Die Schatten der Kirchenfürsten, edler Frauen –
Schon blühen ihre Blumen, die ernsten Veilchen
Im Abendgrund, rauscht des blauen Quells
Kristallne Woge. So geistlich ergrünen
Die Eichen über den vergessenen Pfaden der Toten,
Die goldene Wolke über dem Weiher.

Fritz Popp

Abends auf der Salzachbrücke

Unruhig zittern die schmutzigen Schatten der Stadt
im Fluß, der alles erträgt
Fronten verschmieren im Schlammfilm
verschwimmen und gehn unter, zugrund
Der Fluß trägt die Stadt zu Bett
Halte dich fest am Geländer
Vielleicht träumst du nur

Unsere schönsten Geschichten enden zumeist
mit Vertreibung, Exil oder Untergang
Paradiese schließen vorzeitig
Unter dir treibt der alte Tag
Unruhig zittern die Häuserhaufen
Halte dich fest
auch wenn du träumst

Als ich ein Kind war
sah ich bis zum Grund
fuhr an den Häusern vorbei
und lies mich treiben
mit der Brücke ans Meer
Jetzt fährt mir die Stadt davon
und ich halte mich fest am Geländer
und träume nicht mehr

Bettina Balàka

Als Kind ein Spaziergang bei Hellbrunn

der Herbstgeruch nach
gebrannten Kartoffeln
auf einem sonnigen
windigen Feld

und die Krähe
das angeschossene Geschenk
eines Bauern
sitzt steif in ihrem Gefieder:
ein für die Trennung
zu heilender Freund

es gibt immer eine Allee
die in eine duftende
Koppel mündet
voll frischer und
modernder Späne

es gibt immer ein Zuhause
mit Kastanienketten
einen von Herbstblättern
knisternden Ort

Liesl Ujvary

die schöne stadt
bodo hell und thomas bernhard gewidmet

Salzburg vergeht
salzburg entsteht
salzburg verliert
salzburg gebiert
salzburg ist
salzburg vergißt
salzburg mischt
salzburg verlischt
salzburg gelüstet
salzburg entrüstet
salzburg braucht
salzburg verraucht
salzburg spendet
salzburg verendet
salzburg leidet
salzburg vermeidet
salzburg flieht
salzburg zieht
salzburg gedeiht
salzburg entzweit
salzburg findet
salzburg entschwindet
salzburg frißt
salzburg vermißt
salzburg verdirbt
salzburg umwirbt
salzburg zerstört
salzburg hört
salzburg richtet
salzburg vernichtet

Liesl Ujvary

salzburg verlacht
salzburg entfacht
salzburg weint
salzburg vereint
salzburg dankt
salzburg krankt
salzburg krepiert
salzburg existiert

A Salzburger bin i

A Salzburger bin i,
A löbnsfrischa Bue,
Mei Ziethern, dö stimm' i
Und sing oans dazue.
A Salzburger bin i,
A Stierwascherg'söll,
Wo ma tanzt, is mei Himmö,
Wo ma trauert, mei Höll.
A Beutl voll Silba
Und schief g'sötzt an Huet,
Und drunta und drüba
Rauscht's Salzburger Bluet.
Is hitzig, is spinnad,
A rassigs Geblüet.
Koa Aderl findst drinnad,
Dös sö nöt rüehrt.
War öppa oans drunta,
Oans, dös sö nöt rüehrt,
Aft ließ i ma's außaschnei'n
Aus'm Geblüet.
Dö Weltlust, kao Zweifö,
Dö tuet sö vererb'n,
Drum will i an Teifö
Sei G'spiel da verderb'n.
Dö Freud' is mei Tugad,
Da Trüebsinn mei Sünd,
Bleib in ewiga Jugad
A Salzburger Kind

Kosmische Störungen
Römer-Ode, am Wallersee, vorm Gewitter, 1937

Ach, des Himmels flache Schale
Lastet auf der Erde schwer.
Und es ball'n sich kolossale –
Kolossale!
Wolkenfäuste ringsumher.

Ob sie uns bedeuten sollen,
Wie erzürnt die Gottheit sei?
Oder meint ihr leises Rollen
Dumpfes Grollen –
Daß die Götterzeit vorbei –?

Sei's! Dann laßt uns gleichen Mutes
Dies bestehn als große Herrn –
Und das letzte Tröpflein Blutes
Rotes! Gutes!
Schenken wir den Bremsen gern.

Katja Schmidt-Piller

Hallein

Zurückgezogen
in deine engen Gäßchen
und winkeligen Gassen,
eingeschlossen
hinter deine hohen,
stolzstirnigen Mauern
hast du dich,
um nichts zu sehen.
Die Fenster
hast du mit dem ehernen
Riegel der Angst
verschlossen,
um nichts zu hören
von dem Leid
dort drüben im Lager.
Im Fluß hast du
deine Hände gewaschen,
und nichts belastet mehr
dein Gewissen.

Hans Nüchtern

Salzburger Regenlied

Wie der Regen rinnt und der Wind beginnt
Und der Wind dann wieder nach dem Süden dreht
Im sanften Regenrauschen ...
Und plötzlich alles Alte ersteht
Im Regenklang und vom Winde verweht.
Der Regen rauscht, es raunt der Wind –
Und die Seele beginnt zu lauschen.

Die Luft vom Gebirge kommt kühl und rauh.
Da liegt die Stadt zwischen Fluß und Berg,
Im Glanz und Grau ihrer Gassen.
Hier losch oft Größe wie lohendes Werg.
Hier liefst du als kleiner Menschenzwerg
An Hand der alten und lieben Frau,
Doch die Zeit läßt nimmer sich fassen.

Jahre vergingen. Das Kind wurde Mann.
Schon füllt sich auf Seiten des Lebens Ertrag,
Sie werden zum einsamen Psalter.
Noch immer geht vieler Uhren Schlag.
Durch Stadt und Stille, Nacht und Tag.
Welle kam und Welle verrann.
Was will hier Tod und Alter?

Vom Berg herab dringt Avegeläut.
Nun glänzt der Fluß im Abendstrahl,
Es wird zu dunkel zum Lesen.
Die alte Stube liegt braun und fahl
Im Dämmer ... Dies alles war einmal.
Was ist hier Gestern? Was ist hier Heut!
Doch das Kind bist du selber gewesen.

Wie der Regen rinnt und der Wind beginnt
Und der Wind dann wieder nach Süden dreht
Im sanften Regenrauschen ...
Und wieder alles Alte ersteht
Im Regenklang und vom Winde verweht.
Der Regen rauscht, es raunt der Wind –
Und die Seele beginnt zu lauschen.

Brief aus Bad Fusch

Es regnet seit fünf Tagen und fünf Nächten.
Der wilde Wind ist wach auf allen Wegen
Die ganze Nacht. Die blassen Blätter zittern,
Dann fallen kalte Tropfen; kaltes Rieseln
Ist Tag und Nacht an allen Fenstern, Gurgeln
Und Plätschern in der Rinne und am ärgsten
Das Rauschen nachts im angeschwoll'nen Mühlbach.
Wir können nicht mehr lesen in den Zimmern,
Wir müssen immer horchen auf das Rauschen
Der angeschwoll'nen Bäche. Und es dämmert
Unendlich lang. Dann wirds auch immer kälter.
Die Knechte sagen, daß es sicher schneit
Auf allen Bergen und auch bald herunten;
Doch sieht man nichts vor schwerem kalten Regen.
Die Knechte können nichts im Freien tun.
So sitzen sie den ganzen Tag beisammen
In einer niedern Stube, wo die Fenster
Vergittert sind und reden von Gespenstern:
Vom Sandmann, der die Kinderaugen tötet,
Vom toten Gast und von berühmten Mördern,
Besessenen und nächtlichen Vampyren.
Wir sitzen abends in dem weißen Zimmer,
Dem mit den alten unbequemen Möbeln
Aus der Kongreßzeit, wo auch das Klavier steht ...

Rauriser Tal

Ich kenne wahrhaftig ein Stück Welt
und weiß, was ich gesehen habe.
Doch wenn ich im „Sonnhof" am Fenster sitze,
die Berge, immer die gleichen, im Blick,
das Tal, das ich auswendig kenne,

vergesse ich die Seen in Finnland,
den Königspalast in Sintra,
den Golf von Neapel, Paris und Rom
und lerne immer neue Strophen
eines unausschöpfbaren Texts.

Salzburger Nachtphantasie
(Eine Improvisation für Max Reinhardt)

Vom Augustiner-Bräu, vom Peterskeller
Vom Bier gesättigt und vom Wein geletzt
Die Pulse jagen und das Blut rinnt schneller
Des Herzens Wunderlampe leuchtet heller
Laterna Magica der Phantasey
Und Witz, der seine Zung am Gaumen wetzt
Verkappt sich als des Geistes Konterfei
Sein Ton wird schärfer und sein Lachen greller
Da plötzlich reißt ein Blitz die Nacht entzwei
Aus allen Lüften hallt es wie Geschrei
Verstoßner Engel, die ins Dunkel taumeln
Und gleich Gebeinen, die am Galgen baumeln
Dreht sich im Geisterwind die Zeit: Vorbei – Vorbei – –

O alte Stadt voll immer jungen Lichtes
Wie labst du uns mit Faustens Zaubertrank
Und zwischen Reim und Zeilen des Gedichtes
Glüht heimlich deines Herbstes Laubgerank
Von steilen Dächern schimmert's mondbegossen
In weiten Höfen murmelt's wie Gebet
Und brunnenrauschend, und vom Strom durchflossen
Des Steines Werkmal stumm die Zeit besteht
Versunknes Grab, verborgne Katakomben
Und leise Gärtlein unter Himmels Tromben
Beseßne Hexen juchzen teufelsgeil
Die arme Seele schluchzet todverlassen
Wann heiter lärmend in Getreidegassen
Geschäftig drängt des Alltags kurze Weil.

Ernst Schönwiese

Salzburger Herbst

Ich liebe diese späten Sonnentage,
Dies matte Leuchten und die milden Farben,
Wenn Gelb und Rot schon halb das Grün verdarben,
Die letzte Beere fiel im Brombeerschlage.

Aus jedem Baum singt Wind die Totenklage,
Die Rosen vor den Herbstzeitlosen starben,
Nur dürre Blätter, die sich lang umwarben,
Erzählen raschelnd von der Frühlingssage.

Der Sturm wirft Äste gegen Tür und Haus,
Die Grille liegt zu deinen Füßen tot.
Die Morgennebel schon die Schollen feuchten.

Es streut der Herbst die letzten Farben aus,
Verbrennt den Wald, schon flammt er gelb und rot:
Bevor sie stirbt, will diese Welt noch leuchten.

Erich Landgrebe

Mozartplatz im Winter

Vermummt wie Brunnen
gehen die Frauen
mit spitzigen Schritten
durch die lautlose Stadt

und wie aus Stahlblech gesägt
droht die Festung
vom azurenen Himmel
über Türmen und Dom

und die Glocken des Spieles
in kalten Fenstern
hängen schweigend und reglos
wie Glas ...

Nur mitten am Platze
wie einer der Seinen
aus dem Serail
trägt Mozart lächelnd
das Weiß auf den Schultern
und den Turban von Schnee
auf dem bronzenen Haupt.

Richard Billinger

Der Salzburger Residenzbrunnen

Du fliegst über
tönende Berge
eine Lerche
im Augenflug

Raubvögel
ihre Schlagschatten
auf schönen Kulissen

Einst flogen hier
Geigen gen Himmel
pianissimo

Spring
über die Schatten
ins Mozartlicht

Georg Trakl

St.-Peters-Friedhof

Ringsum ist Felseneinsamkeit.
Des Todes bleiche Blumen schauern
Auf Gräbern, die im Dunkel trauern –
Doch diese Trauer hat kein Leid.

Der Himmel lächelt still herab
In diesen traumverschlossenen Garten,
Wo stille Pilger seiner warten.
Es wacht das Kreuz auf jedem Grab.

Die Kirche ragt wie ein Gebet
Vor einem Bilde ewiger Gnaden,
Manch Licht brennt unter den Arkaden,
Das stumm für arme Seelen fleht –

Indes die Bäume blüh'n zur Nacht,
Daß sich des Todes Antlitz hülle
In ihrer Schönheit schimmernde Fülle,
Die Tote tiefer träumen macht.

Salzburg

Schöner als du fällt der Regen nicht!
Du bist wie ein Tänzer vorm Jüngsten Gericht!
Du sammelst dich als ein Altar.
Schöner als du gebiert der Quell sich nicht,
zeuget der Tau und die Träne sich nicht.
Du bringst als Opfer dich dar.

Ich kam im späten November
nach Graz, der traulichen Stadt

Ernst Marboe

Wortpalette Steiermark

Roden Graben
Schürfen Schneiden
Erz und Wald
Verwitternde Fliehburg
Zeughaus Rüstkammer
Offene Türkengrenze
Eisen im Berg Hammerherrn
Knappen Stolze Gewerke
Landhaus Uhrturm Brunnenlaube
Bürgerliches Behagen.

Mühle im Fruchtland
Wagenrad Störche
Vogelschreck im Rebengarten
Bibliothekssaal der Äbte
Münster Propstei
Liedbesungener Berg
Schuhplattler Jodler
Leutseliger Herr
Prozession Pilgerschar Gnadenort
Von den Vätern her: Waldheimat

Ich kam im späten November

Ich kam im späten November
Nach Gräz, der traulichen Stadt;
Das Jahr war alt und müde,
Und ich war alt und matt.

Doch braucht es nur zwei Blicke
Der Sonne, der Neigung Blick,
Und mir und dem alten November
Kam Leben und Wärme zurück.

Auf dem Friedhof zu Graz

Auf dem Friedhof zu Graz hinter eisernem Gitter,
da ruhen die alten Theresienritter,
Major, Oberstleutnant, General,
bunt durcheinander mit Subaltern –
wie sie der Tod zu sich befahl,
die grauen pensionierten Herrn:
Haudegen, Radetzkys Schlachtkumpane,
armeeberühmte Grobiane,
gelehrte Köpfe, Gamaschenknöpfe,
Strategen, Raufhänse, Kriegssoldaten;
in einer Reihe die tapfern Kroaten
Maroicic, Radoc, Grivisic.
Über den Grüften vergoldete Schriften,
Gewaffen und Kronen,
gekräuselte Löwen und Marmorkanonen.
Der Efeu wächst aus den steinernen Nischen.
Geranien, Rosen, Anemonen
und Unkraut dazwischen.

Wenn eines Tages bei den Kapuzinern
Franz Joseph zu erwachen geruhte
und käme hierher zu seinen Dienern
auf der braunseidigen Stute
und ruft in gellem Kommandogrimme
zum Frontappell seine morschen Scharen:
Herrgott, wie wird die gefürchtete Stimme
den Schläfern in die Knochen fahren!
So gemessen er war in Ton und Gebärden:
im Dienst – im Dienste konnt er ungemütlich werden.

Wird das ein Schnaufen, Durcheinanderlaufen,
Ellbogenstoßen und Richtungnehmen,
eh sich die wirrgewürfelten Haufen
zur vorgeschriebenen Reihe bequemen!
Denn sterben darf der Soldat wann er will;
doch zum Empfang
des Allerhöchsten Herrn gebietet der Drill:
Genau nach dem Rang.
Am rechten Hügel die Feldmarschälle
in Ordnung nach Datum der Listen.
Alsdann die Generalobristen.
Die Feldzeugmeister an dritter Stelle.
Der König wird sie gehörig zwacken:
»Herr Feldmarschall! Sie schlafen da,
statt Dienst zu placken??«

Der Marschall aber schlottert und stottert:
»Majestät! Geruhen zu grollen!
Ich weiß nicht, wem wir dienen sollen.
Altösterreich mit allem Ruhm und Glanz
ist verweht und verschollen.«
Das wird der alte Kaiser Franz
gar nicht glauben wollen.

Auch meine Mutter ruht in Graz;
zur Rechten ein Hauptmann Bonifaz v. Lüben;
zur Linken Schreiner, der Husar,
Major, der immer so lustig war;
genüber ein Oberst der Infanterie.
Da hat nun Mutter drüben
ihre gemütliche Whistpartie.

Der Tod

In der Sporergassen,
Und gab sein Gaul die Sporrn,
Hoch oder nieder gebohrn,
Wil er uns ertappen –
Und nimmt uns bei der Kappen.

In der Hofgassen:
Ist er ein grober Flegel,
Trifft König wie die Kegel.
In der Gassen derer Stämpffer
Sey er der beste Kämpffer.

In der Schmidtgassen:
Da braucht sein Roß ein Eysen,
Das will er uns wohl weisen,
Schlagt wacker mit dem Hammer zue,
Im Grab haben wir – bald Ruhe.

Im Kälbernen-Viertel:
Ist ihm kein Fleisch mehr besser,
Er bleibt der Menschenfresser.
In der Gassen an der Muhr
Führet er curjos sein Cur.

In die drey Säck:
Nimmts Leben er, laßt Sack und Pack
Und ist der schlimmste »Greif in Sack«!
Denn wir gehör'n ihm all' zusamm,
Ihr G'streng! – das ist sein Nahm!

Ernst Jandl

der grazer

der grazer hat vermutlich
weniger farbe oder mehr
als der wiener
eine gute gesichtsfarbe
deutet auf ein wohlbefinden hin
eine gute stiefelfarbe
paßt zum selbstbewußten schritt

Im Stadtpark

Im Stadtpark, abseits der bewegten Straßen,
blieb noch ein schmales Stück der Landschaft stehn,
wie ungewollt und lose dagelassen;
und Düfte blieben, Winde, wie sie wehn,
wenn sie befreit in offne Weiten fassen.

Die Dächer fliehen. Ihre Unrast neigt
sich schwer zurück auf abgestumpften Wänden,
und das verstaubte Grau der Türme schweigt.
Hier muß der schwüle Lärm der Gassen enden,
wo die Allee wie eine Mauer steigt. –

Die Rosen wiegen träumend ihre Kronen;
sie sind wie Sterne, die im Abend glühn.
Und in den Wipfeln, wo die Amseln wohnen,
in ihrem stillen, lichtumspülten Grün,
ist noch das Märchen wahr, das uns verging.

Robert Gernhardt

Über den Semmering nach Mürzzuschlag

Es geht ständig aufwärts
Das sind wohl die Berge
Es wird immer weißer
Das ist wohl der Schnee
Auf schwarzen Schraffuren
Das sind wohl die Bäume
Geplusterte Vögel
Die sind wohl am Ende.

So langsam der Wagen
Das macht wohl die Steigung
Mit einem Mal Blendung
Das ist wohl die Sonne
Dann wirbelnde Flocken
Das heißt wohl, daß Schnee fällt.
Kein Wunder, im Winter
Ist das wohl die Regel.

Im weißen Tal Häuschen
Das ist wohl Mürzzuschlag
Der Name klingt lustig
Das ist wohl nur Tarnung
Der Bahnsteig verlassen
Das ist wohl ein Omen
Hier, dacht ich, sei's gut sein
Das war wohl ein Irrtum.

Gerti Kornberger

Bruck an der Mur

Vom Schloßberg hernieder
seh ich die Stadt
im wehenden Mantel des Frühwinds
erwachen.

Vorwitzige Strahlen
wecken das Schweigen
und auch die Tauben unter den Dächern
am weiten Platz.

Des Eisernen Brunnens
zierliches Blattwerk
hält hunderte Jahre im Radwerk
gefangen.

Wie dunkel die Wasser
von Mürz und Mur
sich nahe der Brücke zum Süden
umarmen!

Und an den Arkaden
des Kornmesserhauses
greift der Wind in das blühende
Rankengeflecht.

Christine Busta

Zwischen den windischen Büheln

Demeter geht durch den flirrenden Mais.
In den Bildstöcken thronen stolze Marien
und halten die Jesusknaben
fester im schattigen Schoß.

Die Gekreuzigten steigen herab vom Holz
und schnitzen Windräder für den Weinberg,
melodische Klappern zum Herbstschmaus der Stare.

Aber es ist noch nicht Zeit für die Trauben.
Dionysos prüft erst lächelnd
die prallen Nüsse im Laub.

Kitzeck

die Kürbisse kollern wie Köpfe
über ein Fußballfeld

gelb gerollt und grün gestreift
auch die Apfelhaut ist aus Leder

das Kerngold mit einem Löffel geschabt
am Abschuß verrotten orange-
rote Spalten

Äpfel und Holler hinunter zum Bach!
hängen steil von den Hängen in Trauben

der gerebelte Wein ist rechengereiht
zu Rängen von lauslosen Stöcken

jeder Taldurchgang durch
einen Maishain versperrt

(Amerika! Kolben und *kernels* und erd-
schwarzes Öl
und grüne und fasrige Bärte)

Mistkäfer kennen den Rundwanderweg
als schillernde Pferdäpfelbroschen

und vom Klapotez zwetschken die Stare
aus dem Holz: klapp klapper

gefolgt von geworfelten Wolken

Georg Bydlinski

Dämmerung, Seckau

Das Zwitschern der Vögel
in den Gartenbäumen
hält die Stille zusammen

Die Türme des Klosters
hinter winkeligen Hausdächern sichtbar
befragen den Abend

Der kommt langsam zögernd
schiebt sich auf will selbst noch
die Berge sehen im Licht

Die Wetterlärche noch deutlich erkennbar
die Almkirche und die Almhütte
weiß vor vergrauendem Grün

Die ruhige Kammlinie der Berge
in der Dämmerung (glaub mir)
bewegt die ziehenden Wolken

Friedrich Torberg

Sehnsucht nach Alt-Aussee

Wieder ist es Sommer worden,
dritter, vierter Sommer schon.
Ist es Süden, ist es Norden
wo ich von der Heimat wohn'?

Kam ich auf der wirren Reise
nicht dem Ursprung wieder nah?
Dreht die Welt sich noch im Kreise?
Ist es Sommer dort wie da?

Gelten noch die alten Strecken?
Streben Gipfel noch zur Höh'?
Ruht im bergumhegten Becken
noch der Altausseer See?

Bot sich einst dem Blick entgegen
spiegelschwarz und wunderbar.
Himmel war nach manchem Regen
bis zum Dachsteingletscher klar.

Kulm und Kuppe: noch die kleinern
hielten Wache rings ins Land.
Aufwärts ragten grün und steinern
Moosberg, Loser, Trisselwand.

Ins Plateau zu hohem Rahmen
wölbte sich die Pötschen schlank,
und es wuchsen die Zyklamen
nur auf ihrem drübern Hang.

Ach, wie war ich aller Richtung
sommerlich vertrautes Kind!
Ach, wie war mir Wald und Lichtung,
Bach und Mulde wohlgesinnt!

Treibt's mich heut' zum See? zur Klause?
Treibt's mich auf die Blaa-Alm hin?
Wird's beim Fischer eine Jause?
Wird's ein Gang zur Wasnerin?

Wo die Triften sanft sich neigten
vom Geröll zum Flurgeheg' –
ach, wo ist's, daß sich verzweigten
Hofmannsthal- und Schnitzlerweg!

Ach, wo hat's mich hingetrieben!
Pötschen weiß ich, und Plateau.
Aber welcher Hang ist drüben?
Aber die Zyklamen – wo?

Geschrieben in der Emigration in Kalifornien.

Dachstein von Aussee

Als ob in Trümmer gespalten
ein göttlicher Wohnsitz wär',
fielen Berggestalten
wahllos umher.

Jede mit einsamen hagern
Flanken für sich allein;
wie sich Raubtiere lagern
im Sonnenschein,

Wächter für einen König,
schläfernd im Licht.
Doch wie er selber wenig
zu Dienern spricht,

Zu seiner Ferne wendet
er sich ab vom Tal.
Der weiße Mantel blendet
manchesmal.

Und manchmal tief mit Schleiern
hüllt er sich ein.
Sich selbst geheim zu feiern,
bleibt er allein.

Und etwas drin beim Schimmer
begibt sich dort. –
Als sänk' es noch mehr in Trümmer,
träumt alles fort.

Robert Schindel

Spätsommer

Eingefroren der Dohlenflug im Ausseer Himmel
Die Hitze hockt im Tal es kommt ein Mann
In seinem Paragleiter zum Flug der Dohlen
Streckt seine Beinchen und kommt an. Ich
Schau zum Hohen Dirndl Dohlen sitzen
Auf dem Holzgeländer langsam rötet sich
Die Trisselwand das Schmalzbrot mit
Viel Zwiebelringen ich eß es auf im Käfig
Hinter mir am Sprießerl sitzt ein Rabe
Und fragt mich: Rauchst du? Ich nicke und ich rauch

Kühl wirds. Die Dohlen fangen an zu fliegen
Und Schatten wandern folglich auf dem See
Der letzte aller Paragleiter hebt vom Loser ab
Und hinter seinen Ohren verlieren sich
Die beiden Dachsteingletscher zahl ich fahr
Ins Tal von unten schau ich rauf
Und seh was war

Einst

Verlassen von den gelb
blühenden Feldern,
vom wuchernden Kraut
auf den Rainen,

fort ist die Wachtelschar,
das Rebhuhnklirren schweigt,
ihr Wurf über die Ähren,

vieles ist entfernter
als früher, abseits
das Schmetterlingsland,
der Engelstanz zwischen Gräsern,

den Remisen fehlen die Vögel,
sie verbergen nichts.

Wege weichen aus, ihr kühler Lehm
ist aufgerissen, rauh geworden
unter schneidenden Rädern,
Gräben sind zugeschüttet,
die Arbeit der Bäche,
ihr Schwung, geht gleichgezogen
ins Leere, in das Verlangen
kämpfender Blicke.

Sie schauten die Nähe tot.

Die zitternde Luft ist bestürzt,
daß vieles fort ist,
daß nichts ruft,
daß aus Scham Schlehen verblühen,
Mücken stürzen,
eines ins andere verschwindet,
ins Nachtfeld,
wie Feuer, das endet.

Friedrich Edelsbacher

Steirische Punkte

man hört
es sei
ein gutes land

schattierungen
von grün
und dennoch
wenig platz für grüne?

das grüne herz
pulsiert
mit CO
unter dem steirerhut pumpt
das zweitaktgemisch
wein und kernöl

es ist ein gutes land

dieses haus
heimat

wo wir hier wohnen

unter der grenze des baumes
vor dem schutz eines waldes

wo das wasser abrinnt

in ein feld neu bebaut
über den asphalt neuer wege

dieses haus
unsere heimat

regen
dampfende erde
lichtgrau erstickt
im dunkel des grüns

durch das fenster
der blick
auf silhouetten
glasige konturen
ein verdampfendes märchen

von ferne ein knall
herbstliche jagd
totgeschlagen
das ticken der uhren

die zeit zerrinnt
im regen

heimat

sprich diesen namen
leise aus
laß ruhn die fahnen
und die trommeln
es ist genug
daß es daheim ist
so wie du in ihm …

Wo das Herz schneller schlägt und langsamer zugleich

Karl Schönherr

Bin a Tirolerbua!

Laßts miar mein grobn Lodnrock
Und meini Nöglschuah,
I will a frischi Almluft,
Bin a Tirolerbua!

Khalts ös nu enker nobligs Gwand,
I hatt dermit mei Noat:
Für so an mogern Spotznfrack
Sein meini Axeln zbroat.

Und khaltet a's Angstroahr afn Kopf,
Es paßt enk wunderguat.
I hun koa Angst, i hun a Schneid,
Miar tragts an grüanen Huat!

Und enkri Häuser brauch i nit,
Miar wars drein zeng und zschmol,
Do hatt mei Jodler gor nit Platz,
Dear braucht a ganzes Tol.

Und enkri Wöglan sein mer zöbn,
Und meini Berg enk zhoach,
Und enkiri Rödn sein mer zhahl,
Und enkri Madlan zbloach.

Ja, miar verstiahn anander nia,
Sein himmlweit vunand;
Ös paßts nit aff an Almspitz,
I nit ins öbni Land.

Laßts miar mein grobn Lodnrock
Und meini Nöglschuah,
I will a frischi Almluft,
Bin a Tirolerbua!

Kuno Seyr

Geschichtliche Wahrheit

Jetzt han i amal in an
Gschichtsbuech gleisn,
wia deis isch mitn
Ander Hofer gwesn.
Der hat sich in Innschbrugg
als Kommandant
vor alle grad außer
zun Herrgott bekannt.
Mit seine Mander
hat er af d'Nacht
in Rosenkranz betet,
ja sell hat er gmacht.
Ob insere Präsidenten
und Kommandantn
des net a amol
probiern kanntn?!

Karl Gamper

Zum Gedenkjahr 1809 – 1984

in Trachten Gebundene
als Schützen
gar fest
marschieren
ewig am Haarzopf gehalten
vorbei
und teilen
... lei oans

trennen
abgrenzen – – die andern
wir bleiben
im uralten Gestern
sind sicher im Wissen des Eisens
geschmiedeter Intoleranz

Michael Guttenbrunner

Aufstieg

Kalt war die Nacht, des Mondes eisige Wüste
erglänzte silbern auf der leeren Erde.
Ich überschritt ein Feld, das fruchtlos war,
und fühlte schwer der armen Herde Angst,
die frierend sich in feuchter Grube drängte.
Durch dunkle Schluchten ging es steil empor.
Aufatmend, als die Wälder endeten,
drang ich durch Felsgeklüft in kaltes Licht
und stand nun staunend auf gewaltiger Schwelle.

Hans Deißinger

Im Kar

Hocheinsamkeit. Von ödem Kamm
haucht frische Schneeluft kühl vorbei.
Zeitweilig knarrt ein Wetterstamm,
im Raummeer träumt der Habichtsschrei.

Schwer schattend starrt der Felsendom
In grauer Unermeßlichkeit,
weit droben brennt ein Gletscherstrom
und drüber lastet Ewigkeit.

Adolf Pichler

Am Achensee

Ich schreite einsam durch die dunkeln Föhren,
Es rauscht der See heran mit lautem Schlage,
Als wollt' er spielend die Gedanken stören,
Die mich geleiten in entschwund'ne Tage.

Den Pfad verschränkt der Farren dicht und dichter,
Es schwillt das Moos am tröpfelnden Gesteine,
Und durch die dunkeln Zweige zittern Lichter
Am Boden hin mit ungewissem Scheine.

Der Schmetterling kost um die Blütendolden,
Mit süßem Dufte lockt die Alpenprimel,
Die Abendwolken schweben licht und golden
Von Felsenzacken auf zum blauen Himmel.

Wer könnte widerstehn dem sanften Zuge?
Allmählich sinkt der Geist in tiefes Sinnen,
Vergangenheit und Zukunft sieht im Fluge
Er schwermutsvoll an sich vorüber rinnen.

Das Abendrot ist still dahin gezogen,
Im Walde sind verstummt der Amsel Lieder,
Wie Geister taucht es aus den dunkeln Wogen
Und schwebt im Mondesglanze auf und nieder.

An große Herzen, wie sie einst geschlagen,
Mag ich dann gern mit stillem Leide denken,
Wie jener Sänger in der Vorwelt Tagen
Die Schritte hin zum Orkus durfte lenken.

Ein finst'res Rätsel ist, was einst gewesen,
Und was uns bleibt, ist eine große Lüge,
Wer mag des Zufalls wirre Zeichen lesen?
Des Lebens Wahrheit bergen Aschenkrüge.

Käthe Braun-Prager

Gang zum Schwarzsee

Glüht nicht mehr der Berg am Abend?
Öffnet sich nicht der gefrorene See?
Ich gehe auf der kalten Straße,
In kalter Märzluft über Schnee.

Bin selbst schon Schnee! So leicht mein Gehen!
Nur Weißes überwölbt mich rein.
Weiß schwebt hinauf mein Atemwehen.
Mein Schatten ist ein weißer Schein.

Hat nicht ein Wind den schwarzen Mantel
Von meinen Schultern abgetan?
Da fliegt er wie mit dunklen Flügeln
Als düstrer Vogel steil hinan.

Und ich? Wo sind jetzt meine Schuhe?
Es wärmt die Sohlen mir das Eis.
In meinem Herzen blüht die Ruhe.
Selig, der seine Reise weiß!

Georg Trakl

Abend in Lans

Wanderschaft durch dämmernden Sommer
An Bündeln vergilbten Korns vorbei. Unter getünchten Bogen,
Wo die Schwalbe aus- und einflog, tranken wir feurigen Wein.

Schön: o Schwermut und purpurnes Lachen.
Abend und die dunklen Düfte des Grüns
Kühlen mit Schauern die glühende Stirne uns.

Silberne Wasser rinnen über die Stufen des Walds,
Die Nacht und sprachlos ein vergessenes Leben.
Freund; die belaubten Stege ins Dorf.

Fritz Arnold

Im Karwendl

Wenn am dunklen Grün der Tannen
wiederum die Buchen flammen
und die weißen Wände strahlen
vom Oktoberlicht der Sonne:
Herbst, wo sind des Scheidens Qualen?
Jauchzen möchte ich vor Wonne
in dein wunderbares Schweigen – – –
Laß nur deine Nebel steigen,
ich empfange deine Gnaden;
süße Traumgestalten wallen
in dem hingegoss'nen Licht,
durch das gold'ne Blätter fallen,
die dein Hauch vom Ahorn bricht.

Georg Bydlinski

Ötztal

vor drei Jahren (erzählt mir
der Fahrer) die Überschwemmung
die Ache wieder einmal
über die Ufer getreten
stärker als sonst

Brücken weggerissen
Häuser zerstört
Berghänge abgerutscht
Bäume entwurzelt

heute (das Schmelzwasser
von den Gletschern) schäumt sie
im neu befestigten Bett
gespeist von weiß gischtenden
Wasserfällen
gezähmt?

und hier dieses Haus: neu gebaut
damals
und hier diese Brücke

der Lawinenschranken steht offen
über dem Talschluß tiefdunkle
Wolken

Ernst Waldinger

Bergfriedhof in Osttirol

Das Dorf ist klein; die kleine Kirche liegt
Im Abendzwielicht, doch der Kalk der Wände
Malt helle Wangen in das Berggelände,
In dessen Dunkel sich das Dörflein schmiegt.

Sieh, Sonnenglut wie eine Woge wiegt,
Auffunkelnd, sammelnd ihre letzten Brände,
Sich überm Kirchhof; breitend Arm' und Hände,
Am Kreuzholz wie zum Segen, so besiegt

Der Christus flammend dort den Pfuhl der Nacht,
Wie er die kleinen Kreuze überragt –
Auch diese, wie vom Flammenschein durchnagt,

Hochrot wie Almrausch, sind zum Glühn gebracht:
Es strahlt ihr schwarzes Filigran aus Eisen,
Dem Tod den Sieg des Lichtes zu beweisen.

Lilly Sauter

Föhnnacht in Ambras

Der Wald schlägt über meinem Bett zusammen,
flutet zurück in den Mond
und hinterläßt Käuzchenrufe.
Waldebbe, Windebbe,
die nicht lange währt.
Dann schwemmt der Föhn neue Wolken an
und bringt das Glasglockenklavier
im Schloß zum Tönen,
das seine Glocken schon lange verloren hat.
Wenn ich aufstehe,
wird mein Gesicht von der Scheibe gespiegelt,
hinter der sich die Windmühlenflügel
Picassos drehen.
Der runde Kreis der Sonne
schließt sich um das Wappen des Erzherzogs.
Morgen wird Regen fallen.
Aber die Welt zu erleuchten
gibt es vielerlei Möglichkeiten.

Roman Ramsay

Stieflerspuk im Nebel

Sie stehn auf den Wiesen
wie seltsame Käuze.
Hör, keines mir reize.
Ich rate es dir.
Denn glaube es mir
sind Hexlein
ganz tückisch.
Beim Druden
auf Nebelfetzen
hei, hussa! Sie reiten!
Und andere schreiten
mit seltsamen Leuten:
Entlaufene Brüder
in tiefen Kapuzen
und häßliche Zwerge
und Putze vom Berge.
Sie rekeln und setzen,
sie ducken sich nieder,
erheben sich wieder.
Auf einsamen Wiesen,
im Nebelwallen,
unheimliche Spiele
wüßt ich gar viele
von allen,
von allen.

Ernst Krenek

Auf und ab

Auf und ab wie die Narren rennen die Menschen,
den Sommer über auf und ab in diesen Alpen,
als ob ein alter Fluch sie hetzte,
als ob man Platzpatronen hinter ihnen anbrennte.
Ungeduldig und beflissen nach den dürren Weisungen
der Reisebücher,
Alpenführer, Fahrpläne und Prospekte
laufen sie herum, die einen hin, die andern her,
mehr leidend als genießend, und versichern:
»Ach wie schön! Ach wie schön!«
photographieren sich und dahinter auch wohl
einen Berg
und sehen nichts, weil sie
Ansichtskarten schreiben müssen.
Ein Geist der Menschenfeindschaft
wächst riesig unter ihnen auf,
denn jeder, dem man begegnet,
ist ein böser Konkurrent
für Autoplätze, Gasthaustische, bessres Essen,
Aussichtspunkte, Nachtquartier und alles übrige.
Die Sinnlosigkeit der Mühe
steht auf den verdrossenen Gesichtern,
doch die weiß Gott von welchem Dämon
verhängte Pflicht wird stumpfsinnig erfüllt.
Gelangweilt verhüllen die großen alten Berge
ihre Häupter,
wenn der Pöbel ihnen auf die Füße tritt.

Hans Haid

Paurnhaus

Wintraadle an Doche
in Kaldr Earepfle
in dr Wiegen
dies numma geit
a Pöüppele
au und au völlgschissn
dr Herrgöüttswinkl
in dr Stuuben
a dunkles Getaafle
a Nuschtr zwischnen Fingrn
Grollen zäln und betn
di Kucha
drneebm di Stuuba
drhintr is Gaadele
Kaldrluck
an Haufn Flüigen in dr Kuchen
Earepfle in Kaldr
Wintraadle an Doche
inngsöütne Granten in Gaadelan
a Herrgöütswinkl
a Pöüppele
au und au völlgschissn
in ar Wiegen
dies numma geit …

Hans Haid

Bauernhaus

Windrad auf dem Dache
im Keller Erdäpfel
in der Wiege
die es nicht mehr gibt
ein Kleinkind
auf und auf vollgeschissen
der Herrgottswinkel
in der Stube
ein dunkles Getäfel
einen Rosenkranz zwischen den
Fingern
Perlen zählen und beten
die Küche daneben der Vorratsraum
Kellerdeckel
eine Menge Fliegen in der Küche
Erdäpfel im Keller
Windrad auf dem Dache
eingesottene Preiselbeeren im Vorratsraum
ein Herrgottswinkel
ein Kleinkind
auf und auf vollgeschissen
in einer Wiege
die es nicht mehr gibt …

Romed Mungenast

Erinnerung eines Jenischen anni 38

Gstolft sein die Gadschi,
die oan Ulmen.
Der Golloch –
den Paradebl in die Griffling,
die Glitschti – die Gramasgera.
Und der Golloch hat gschmalt:
Der Paradebl tibert:
Gstibsch Guff,
heb d'Menggl
und pfliagl um Guff.
Den Rewak gstibsch beim Paradebl,
wenn mulo bisch.
Die Jenischen
kneisten,
der schmalt aufs Kari.
Sie tschorten die Ranggerlen
und wia Golloch
und Glitschti ognascht sein,
habn die Gadschi
den Radlinger angfunkt
und die Klebbm gufft,
A bibrische Negert war,
der Kohldampf grandig;
a Wanker macht die Meingg mit der Gramasgera mulo –
sie hat Schuntpollen tschort.

Die Jenischen sind im Familienverband umherziehende Handwerker, Kesselschmiede, Korbflechter, Schausteller und Marktfahrer mit eigener Sprache.

Romed Mungenast

Erinnerung eines Jenischen im Jahre 38

Gekommen sind die Bauern
und all die anderen Leute.
Der Pfarrer –
mit dem Kreuz in der Hand,
die Gendarmen – die Pistole.
Der Pfarrer sagte so:
Gott spricht:
Wenn dir jemand ins Gesicht schlägt,
sei ruhig
und halte auch die andere Wange hin.
Deinen Gewinn kriegst du von mir,
wenn du nicht mehr hier weilst.
Die Jenischen
verstanden aber,
daß dies nur Lüge war.
Denn sie stahlen ihnen die Kinder
und als Pfarrer
und Gendarmen fort waren,
wurde ihnen
der Wohnwagen angezündet,
die Pferde verscheucht.
Die Nacht war kalt
und der Hunger groß;
ein Soldat erschoß die Mutter –
sie hatte ein paar Kartoffeln gestohlen.

Richard Dehmel

Innsbruck

Die Berge glänzen klar im Kreis,
die Luft im Tal ist menschenheiß.
Ich trete in den alten Dom,
ich atme tief den Dämmerstrom.
Erzbilder schimmern durch den Raum,
ich träume einen Himmelstraum;
und langsam neigen sich die Stirnen
der ehernen Ritter vor den fernen Firnen.

Karl Lubomirski

Innsbruck III

Wo mein Schicksal im Wald schlief
Häusermeer meines Schiffbruchs
Wo mir die Berge
Die Feder aus der Hand nahmen
Wo Engel
Blühenden Bäumen ähneln
Und das Herz schneller schlägt und langsamer zugleich

Dorothea Merl

Blick auf die westliche Nordkette

Von den grauen Steinchen,
den literarischen, den naturwissenschaftlichen,
den kleinen eckigen,
den unverständlichen, den runden, elliptischen
noch unverständlicheren,
elliptischen Gleichungen zum Beispiel,
wandern die Augen über die sanften,
sich begrünenden,
seit zwei, drei Jahrtausenden bestellten
Moränenhügel
mit den Zeichen des Fleißes,
den Häuschen ab und zu,
unter dünstlichem grauen Mittagswolkenhimmel;

schon Mai und noch kahl mancher Laubbaum
im dunklen Grün des Fichtenurwalds
an den steilen Hängen,
nie betreten,
noch gewollt sie zu betreten
ohne Nutzanwendung;
am unteren Rand ein grüner Fleck
mit Schafen, versöhnlich grasend –
winzig geschnitzt am Krippenberg
zum Jubel der Kinder.

Der Macht der kleinen grauen Steinchen
bin ich entwischt
für einen kurzen langen Augenblick.

Georg Paulmichl

Berghöfe

Hoch über den Tälern thronen die Höfe einsam und verlassen.
In den Höfen verbringen die Bauern mit ihren Kühen das Dasein.
Die Einsamkeit weicht auf den Berghöfen nicht von der Stelle.
Nur der Mond und die Wolken sind auf den Höfen manchmal
zum Greifen nahe.
Die Schulwege der Kinder sind beschwerlich.
Die Wege sind steil, und das Schuhwerk muß genau passen.
Die Heuernte ist für die Bergbauern aller Mühe Plag.
Das Fernsehen bedienen die Bergbauern mit Verwunderung.
Die Welt liegt den Bergbauern reich vor den Füßen.

Michael Hölzl

Rundum Berge

Die Schleinitz vor mir
der Rauchkofel hinter mir
das Böse Weibele neben mir

der Whisky in mir
kein Boden unter mir

der die das Berg dreht sich um mir

rundherum!

Josef Kienast

Den Tiroler Kindern ins Poesiealbum

I.
Einen lawinensicheren
Mut,
Kind
wünsche ich Dir
fürs Leben
hier
und einen unfallfreien Transit

II.
Ich wünsche Dir
ein südliches Herz,
ein zitronengelbes,
eines das
wachsen kann
in dieser
Kälte.

Volkmar Hauser

Die Liebe

Heimat
ich strähl
die weißen Fäden
in deinem Haar
den Inn
die Etsch
und die Drau

Hier lebe ich höllisch gern

An die Heimat

O Hoamatle, o Hoamatle
Am himmelblaue Bodesee
Geg Obedsunneschi!
Dett ist mi goldes Paradis,
Bi warm und kalt, bi Bluest und Is
Min Kinderhimmel gsi.

Ihr griene Berg im Hoamatland,
Ruina, Wälder, Felsewand,
Ihr Bihel, lieb und nett!
Kornfealder, Wiberg, Gieter all,
Waldkappele und Wasserfall,
O wär i wider dett!

O Hoamatle, o Hoamatle
Am himmelblaue Bodesee,
Dett wär i wieder froh!
Wie wär mer dett bim Hirtegjohl
So licht ums Herz, so engelwohl,
Wie nienameh a so!

Doch, ka-n-as nimma, nimma si,
Und kummi nimma, nimma hi
Zum liebe Hoamatle:
So nimm min letschte Grueß derfier,
So nimm de letschte Kuß vu mir,
Du schäna Bodesee!

Jahresneige

Die Linde ist schon lang verblüht
doch steht ihr Innres noch voll Duft

Das Julifeuer ist verglüht
doch wärmt es noch die dunkle Luft

Gesang der Grille ist verstummt
doch zittert noch im Gras ihr Lied

Noch eine goldne Biene summt
um Blumen – die es nicht mehr gibt –

Am Waldessaum erschrickt ein Wild
vor einem Baume – der entlaubt

Im Weiher spiegelt sich sehr mild
der Sonnenblume schwarzes Haupt –

Vom Rauch der Hütten angelockt
die zahme Herde talwärts wankt

Vom Strauch die bittre Beere brockt
die alte Hand – die nicht mehr dankt –

Der Wandrer prüft des Himmels Blau
und zögert mit dem leichten Schritt –

Am Ufer winkt noch eine Frau
dem Segel nach – das längst entglitt –

Des Landmanns Auge zieht den Kreis
noch einmal um die ganze Flur

und sinnt ein Wort – das niemand weiß
als jener – der vorüberfuhr

Des sommerlichen Fischers Boot
ist nun von großen Dingen leer

was er noch fing im Abendrot
wirft er zurück ins weite Meer – –

Albert Ritter

Sommermittag über der Schattenburg

Im Tannicht brütet bang die Mittagsstunde,
Eidechslein träumt am grünbemoosten Steine,
Welkduftend liegt das Heu am heißen Raine,
Kein Laut gibt vom entschlafnen Leben Kunde.

Die blanken Firnen stehn in weiter Runde
Verschleiert, flimmernd in entrücktem Scheine,
Ein zitternd Netz umspinnt in leichter Feine
Die alte Burg, die stille Stadt im Grunde.

Schwer ruht der Mittag auf dem schönen Thale. –
Da horch! Des lang gezognen Pfiffes Schrille,
Das Rasseln und das Läuten der Signale.

Natur darf ruhn, der Mensch nur will nicht rasten,
Und störend lärmt durch die geweihte Stille
Nach Brot und nach Genuß sein ew'ges Hasten.

Bodensee

Die Dörfer sind wie im Garten.
In Türmen von seltsamen Arten
klingen die Glocken wie weh.
Uferschlösser warten
und schauen durch schwarze Scharten
mild auf den Mittagssee.

Und schwellende Wellchen spielen,
und goldene Dampfer kielen
leise den lichten Lauf;
und hinter den Uferzielen
tauchen die vielen, vielen
Silberberge auf.

Josef Leitgeb

Am Bodensee

Hügel kränzen
golden die Bucht,
Ufer erglänzen
Frucht an Frucht,

selig verbrennen
Gärten im Rot,
süß aus den Tennen
duftet das Brot,

Traube an Traube
schwillt's in die Höh,
silbern im Laube
funkelt der See.

Flurgötter lachen
heiß aus dem Grün –
Nie mehr erwachen!
Immer so glühn!

Immer so schauen,
nichts mehr verstehn!
Draußen im Blauen
schweben, zergehn!

Robert Gernhardt

Bodenseereiter

Ein Mann wollte schnellstens von A nach B,
zwischen A und B lag der Bodensee,
der im kältesten Winter seit hundert Jahr
von A bis B zugefroren war:

Bodenseereiter, Bodenseereiter,
wie kommst du weiter?

Frischer Schnee, der deckte das blanke Eis,
doch was einer nicht weiß, das macht ihn nicht heiß.
Unser Mann ahnte nichts von dem See unterm Schnee,
also ritt er über den Bodensee:

Bodenseereiter, Bodensseereiter,
wie geht es weiter?

Bald schon bricht der Abend, der frühe, herein,
aus Häusern im Schnee blinkt der Lichter Schein.
Das ist endlich A, denkt der Reitersmann,
da staunt eine Frau groß den Fremden an:

Seltsamer Reiter, eisiger Reiter,
kommst du von weither?

Von dahinten, sagt er, und sie fragt: Vom See?
Ist hier nicht A? fragt er – Nein, sagt sie, hier ist B.
Da stocket sein Herz, er sinkt vom Roß herab,
und am Ufer ward ihm ein trockenes Grab:

Bodenseereiter, Bodenseereiter,
da sind wir gescheiter:

Wir alle müssen von A nach B,
unser aller Weg führt übern Bodensee.
Doch um faktisch vorm trockenen Grab sicher zu sein,
brechen wir prophylaktisch ins nasse ein:

Bodenseereiter, Bodenseereiter,
kommt, es geht weiter!
Bodenseereiter, Bodenseereiter,
das Leben geht weiter!

Klara Schwendinger

Wäldarisch

Halt redo tur i wäldarisch,
ma weod me woll vorstau,
Winn nommar das nid höro ma,
dinn söll ar's blibo lau.

Und grüozo tur i bim Arku,
halt all Lüt, ned blos oan.
Hind meor a Tol ka Zid abgnu,
din hean i ou koan Zoan.

Und beato tur i dinoweag,
wio's mi min Muottor glert.
Grad mingsmol heat mi welloweag
der Herrgott glei scho ghört.

Bloß Kibo ist mr gär ned gli
i deanar schöano Sprau,
Und wärod d' Lüt sus allad fri,
Hett's gweoß i sealb nio tau.

Jau allad seig i wwäldarisch
das was i seigo will.
Und winn i eatz nüd seigo ma,
dinn beo-n-i liobor still.

Inge Dapunt

Tschengla und Tschalenga

Vo dr Tschengla
id Tschalenga

Vo dr Tschalenga
uf d Tschengla

Vo dr Tschengla
ge Bludaz

Vo Bludaz
id Tschalenga

Vo dr Tschalenga
uf d Tschengla

Vo dr Tschengla
id Tschalenga

Vo dr Tschalenga
ge Bludaz

Vo Bludaz
uf d Tschengla

Vo dr Tschengla
id Tschalenga

Vo dr Tschalenga
uf d Tschengla

Tschengla und Tschalenga sind zwei Flurnamen bei Bludenz.

Otto Borger

Funka, brenn fest

Funkaflamma, dor a Roch
praschla, flackna möglichst hoch,
mitta-n-us am Facklakranz,
kerzagrad zom Sternaglanz.

Jag da Winter us am Tal.
Langsa würd's denn boda bal.
So isch Bruch vo-n-altersher.
Trurig, wenn ken Funka wer.

Haberilla Lindner-Wüstner

D' Walser Sprach

Wer cha an liaba Gloggachlang
so schriba wia-n-er chlengt?
Ond wer cha schriba mit dr Schrift
wia schö an Amsel sengt?
Des cha mit aller Müeh ka Maensch,
deicht bloß as bitzle na(ch), –
ond wia mit Glogg- ond Vogelsang
ist's mit dr Walser Sprach.

Eugen Andergassen

Föhneinbruch

Zerschlagener Himmel
in Bächen und Pfützen.
Überall Einbrausen
in Ding und Unding.
Verbrauchte Wolkenlarven
baumeln im Tiefblau
der zerspellten Zeit.
Schüchterner Lidaufschlag
voreiliger Blüten.
Betrunkene Winde zerklirren
den Spiegel der Stille.
Die Weltachse der Sonne gleißt,
silberne Speichen
überfahren die Schöpfung.
Das Dorf starrt
mit verstörten Augen.
Vogelwurf in flammenden Lüften:
Aussaat von Stimmen,
die fruchtlos verwehen.

Wolfgang J. E. Flatz

Oh du mein herziges Rankweil

Eine Basilika,
ein Dorf,
und ein Cafe,
hier im Cafe ein Gemälde,
darauf ein Cafe,
ein Dorf
und eine Basilika,
in viel blau und viel rot
und alles romanisch und gotisch,
das Cafe, das Gemälde, das Dorf und die Basilika
und
letztere soll bleiben, wo sie ist,
nämlich im Dorf, im Cafe
und auf dem Gemälde.

Oscar Sandner

Im Gewächshaus für Selbstmitleid (Ovid)

Diogenes der vom Schwarzen Meer nach Athen
verbannt
wurde zu seinem Glück
lebte ab und zu in einer Tonne
dein Schwarzes Meer heißt Schwäbisches Meer
im schwäbischen Volksmund
hier lebst du in den Möglichkeiten einer Rocaille
du führst eine metaphorische Existenz in Bregenz
am Bodensee
wo die Ostalpen beginnen
mit einem riesigen Schutthaufen
es ist Gras darüber gewachsen
und der Mischwald trotzt den
Westwinden
hier am Fuße des Pfänders ist alles metaphorisch
hier ist alles wie ...
wie hohe Berge wie Süden wie Mittelmeer
hier ist alles Schöne wie etwas Schöneres woanders
hier ist gut leben in den Möglichkeiten einer Rocaille
am Plafond bei Hochstimmung
das wendische Wetter begünstigt Depressionen
ach Mozart hat nicht geachtet auf Rocaillen am Plafond
vergebens hältst du Ausschau an der Mole
wie Ovid nach dem Panzerkreuzer Potemkim

Werner Grabher

Bregenz

Schwarze Linie zum Rand des Berges:
aus den Tannen
fällt die Gondel
mitten ins Gesicht der Stadt.
Über Türme, Dächer, Nasenspitzen tanzend,
streicht ihr Schatten
durch die dunklen Augen schweigender Fassaden,
aus den Buchten
setzt das Seil sich fort
in hellen Spuren weißer Boote,
die am Tag das Ufer meiden
und am Abend
still den gelben See zerschneiden …

Es ist immer zu früh

Am Anfang bekam ich
eine Arbeitsgenehmigung
Ich durfte arbeiten

Jetzt bekommt die Firma
eine Beschäftigungsbewilligung
und
läßt
mich
arbeiten

Es ist mir völlig gleich
was die Wörter bedeuten
Um etwas zu verstehen
ist es immer zu früh

Kundeyt Şurdum

Diesen Winter

Meine Frau sagt mir
Kehren wir zurück
Du hast Sehnsucht
nach deiner Kindheit

Ich denke an meinen Sohn
und möchte nicht
daß er Sehnsucht hat
nach seiner Kindheit

Und sage: Diesen Winter
bleiben wir noch

Oscar Sandner

In Bregenz leben
(aus einem Zyklus)

In Bregenz in Vorarlberg leben
hier probier ich mich aus im
Gewächshaus für Selbstmitleid
hier kennt jeder jeden zu gut und zu schlecht
hier büße ich meine Sünden ab als ob es
Lohn gäbe im Jenseits
hier sterben die Freunde zu früh aus wie
überall
hier hat mir noch keiner was Gutes gegönnt
hier lebe ich höllisch gern

Waun de gloare luft
se wia r a süwana fodn
aus n winawoed owaziagt

Christine Busta

Offene Landschaft bei Wien

Laß uns hinein in die große Ebene gehen.
Sie macht uns den Himmel wieder
unendlich weit
und holt ihn so nah herab
zu den einsamen Hügeln und Bäumen,
daß auch der demütige Grashalm
ihn noch begreifen kann
und das Korn wie das Meer,
das ferne, das nie geschaute,
uns mitten ins Herz wogt
mit roten Schaumkronen
aus wildestem und stillstem Mohn.

Hier brauchen die Hütten keine Zäune.
Das Land
wird von Sonnenblumen bewacht.

Hilde Ehrenberger

Wienerwald

Das Schneelied singen
stumme Koloratur des Winters.
Flockennoten hüpfen
auf den schwarzen Linien der Äste.
Jeder Baum ein Taktstock.

H. C. Artmann

libhazzdoe

wos wüü den ana scho redn
waun a no nii draust woa
aun an ogtowadog
en libhazzdoe draustn
aun an blaun ogtowadog..

unta da wochn
faschdesd?
waun am kaa mendsch schdead
und wau ma fon otagring drin
des autofoan gaunz leis nua
aussehead …

und waun de gloare luft
se wia r a süwana fodn
aus n winawoed owaziagt
und am ole damlaung
a reife kastanien
diaregt fua d fiass fliagt …

wos wüü den iwahaubt scho
so ana redn
iwa r an heabst
iwa r an
wiaklech schenan?

Josef Weinheber

Grinzinger Weinsteig

Vom Schreiberweg geht es hinein.
Ein Hauserl steht mitten im Wein.
Der Mai war ein wenig zu kühl,
da sind halt die Reben noch klein.

Noch klein, aber gut fürs Gefühl.
Ich schau auf das Blättergewühl.
Vom Hollerbusch fächelt der Wind
hangauf ein Harmonikaspiel.

Hangab zwischen Linden beginnt
ein Zwiebelturm, goldener sind
die Häuser ins Grüne gestreut,
das zart in der Bläue verrinnt.

Es hat mich nicht immer gefreut.
Dort unten verdämmert das Leid.
Dort schwimmt mir ein silbernes Band,
das bindet gelinde ans Heut.

Du welliges, seliges Land,
du Blick, in die Sinne gebannt:
Noch ist es wie ehemals mein
und schön und im Blute verwandt.

Das Große läßt fremd und allein.
Am Ende doch tröstet der Wein.
Der Mai war ein wenig zu kühl –
da sind halt die Reben noch klein.

Ernst Kein

Schrebergarten

Die Sonne ist ein Kürbis. Reif und schwer.
Am Weg knirscht unter jedem Schritt die Asche.
Die Gladiolen welken in der Flasche.
Vom Dach fällt manchesmal ein Tropfen Teer.

Ein Alter stochert durch das schmale Beet.
Das gilbe Gras steht da in harten Stoppeln.
Um die zwei schmutzige Kaninchen hoppeln.
Ein Haufen Blätter. Rot und herbstverweht.

Im morschen Faß das Wasser ist schon braun.
Ein Kind wirft einen Stein und zählt die Kreise.
Der Vogelschreck aus schwarzem Blech klirrt leise.
Der wilde Hopfen und ein alter Zaun.

Vom Holzhaus blättert Lack wie trocknes Blut.
Auf einer Stange flattern gelbe Windel.
Die Fliedersträucher sind schon arme Bündel.
Ein Korb voll Obst. Das Jahr war heuer gut.

Ernst Waldinger

Simmeringer Hauptstraße

Simmering: hier fängt der Osten an;
Staubig ist es, steppenflach, die Straße,
Lange Straße einer Landschaft Ungarns,
Eines Riesendorfs, sieht anders aus
Als der heitre Hügelkranz, die Villen,
Die koketten Kirchen und die Gäßchen,
Steile Lehnen steigend, wo die Vorstadt
Endet und der Wienerwald beginnt.
Endlos läuft sie hin, verläuft gesichtslos
In der Ebne Ungestalt, die Straße,
In den Todesrausch der großen Steppen,
Wo die Wasser träger, trüber rinnen
Und die Schwermut der Akazien duftet.

Ja, sie selbst, die Straße scheint gestaltlos;
Ihre Häuser werden aufgesogen
Von dem breiten, ungeheuern Boden;
Und es scheint ihr Sinn zu sein, daß hier
Endlich der Betrieb des Todes haust:
Steinmetzhütten, Sandsteinengel, Kreuze;
Leichenwagen rollen neben Schienen,
Deren Ziel der Friedhof ist, daß klingelnd
Alles Leben, in den Straßenbahnen
Dicht verfrachtet, hinzustreben scheint
Dorthin, wo Zypressen stehn, wo Taxus
Stumm sich buscht, sich weidenüberhangen
Riesenhaft die Gräberstätte breitet.

Ilse Aichinger

Ungargasse

Ein Sarazenensäbel, der liegenblieb.
An seinen Rändern wuchsen:
Gras, dann feiner Leute Kinder, die zur Kirche nur
über die Schneide gingen,
Alleen lichter Bäume seitab.

Wer ihn wollte, könnte ihn aufheben;
zu einer freien Stunde
am späten Nachmittag. Zurückblieben die grauen
Schienen,
Schulaufgaben und das Geschrei der Spatzen von
freien Taten.

Ernst Jandl

Kärntnerstraße

Zwischen Opernkreuzung und Stephansplatz
zieht ihr den Spiegel an der Wand und Rosenwangen
aus dem Krokodil der Handtaschen,
ihr Wundersamen.

Süße Lippenblütler,
ertrinken Drohnen in eurem Honig?
Hacken euch die Raben,
die über ihren schwarzen Flügeln Ärmelschoner tragen?

Wilde Wanderblumen
zwischen Kompost und Sommerstürmen,
steckt eure Blüten, bis sie aus der Mode kommen,
auf unser graues Straßenkleid.

Hermann Jandl

heimat

der stephansdom
oder
der stephansdom
oder

der stefansdom

es bleibt
der stock im eisen

die nägel
ein handwerkerlied
handwerker
werker
hand

und du mein
altes wien
und du
mein altes wien

und natürlich
die türken

BEDA (Fritz Löhner)

Konstantinhügel im Prater

Wie die hundert Türme Prags
Ragen hier die Damenhüte
Durch des Maiennachmittags
Farbenfrohe Sonnengüte –

Blusen, die wie Blumen blühn,
Rosig Fleisch in Brüssler Kanten
Leuchten aus dem satten Grün,
Und es blinzeln die Brillanten.

Auf den Tischen steht das Eis,
Tellerchen und Löffel klingen;
Die Kastanien blühen weiß
Und man plauscht von hübschen Dingen.

Von Volants und Faltenwurf,
Gmunden, Gossensaß und Baden,
Von Musik und Kunst und Turf
Und von Schweizer Schokoladen.

Von Herrn Kainz, dem Wundermann
Und von Slezaks süßem Kehlchen
Und zur Würze dann und wann
Von vertraulichen Skandälchen.

Alles lächelt, tut charmant
Wie ein Bild im grünen Rahmen –
Ich allein sei ennuyant,
Meinen die verehrten Damen.

Denn mir ist, als dränge schwer
Durch der Luft wollüstig Flimmern
In das sanfte Freudenmeer
Ein anklagend wehes Wimmern – –

Aus den Gassen grau und dumpf,
Wo gehetzte Juden lungern,
Krank an Leib, das Auge stumpf,
Und verzweifeln und verhungern – –

Ernst Kein

Praterlied

I kaun mi no erinnan,
in da Oabeitslosnzeit
do hot mei Vota amoe gsogt:
mia gehn in Prota heit.
Mei Muatta hot si gwundat
Und hot in Vota gfrogt,
wos mia den duatn mochn soen,
und er hot darauf gsogt:

Zeascht foa ma mitn Autodrom,
daun auf da Geistabaun,
und in da Spiaglgalerie
schaun ma si söwa aun.
Mia reitn auf an Hoezpfead,
und daun trink ma wo a Bia,
und nocha schiasst a jeda
si Rosn aus Pabia.
Kuazum, mia mochn ollas,
wos ma im Prota mocht,
und so vagess ma unsre Suang,
zumindast bis auf d Nocht.

Die Zeitn haum si gändat,
und es geht uns heite guat,
doch wauns da Teife haum wü,
brennt do amoe da Huat.
Des steat mi owa goa net,
weu i ma höfn kau,
i mochs afoch mein Vota noch
und sog zu meina Frau:

Zeascht foama mitn Autodrom … usw.

Trude Marzik

Naschmarkt

Der Naschmarkt is wiar a eigene Stadt,
a Stadt zwischen Lahmgruabn und Wieden.
Jede Zeiln, jeder Stand hat sei bsunderes G'sicht,
und jeder Bezirk is verschieden.

Der Nobelteil is am unteren End.
Durt kaufst nur des Feinste von allen:
Artischocken und Spargel und erstklassigs Obst
(sündteuer, fast net zum derzahlen).

Daneben miachtelt's. Des kummt von die Fisch;
die Karpfen, die Hecht, die Forellen –
greif nur eini in Bottich und suach dir an aus –
die pritscheln fidel und schlagn Wellen.

Um d'Blumenständ ziagt a zarterer Duft
nach Maiglöckerln, Nelken und Rosen.
Alle Farben und Sorten, und Grabkränz gibt's aa,
und d'Blattpflanzen wern täglich gossen.

Gehst weiter aufi, kaufst billiger ein:
Spinat, Karfiol, Kelch und Bohnen,
Paradeis, grüne Paprika, Äpfel und Birn,
Bananen, Orantschen, Zitronen.

Die Sopherl von anno dazumal
hab i g'suacht und nimmermehr g'funden.
Die Sopherln von heut san höflich und nett
und streiten net mit die Kunden.

Die Stimm is no resch, was s' sagen, is sanft –
ma will do ka Kundschaft verlieren …
Im Urlaub fliagn s' bis ans Schwarze Meer,
und die Kinder lassen s' studieren.

Wannst Hunger hast, geh zum Würschtelstand,
durt stengan die Leut scho in Masse.
Wurscht, ob arm oder reich, ob jung oder alt,
a jeder ißt zehn Deka »Haaße«.

Daneben ums Eck tuat a alte Frau
Koloniakübeln ausstieren.
Is adrett beinand und hat 'putzte Schuach.
Wird rot und tuat si schenieren.

»Für d' Viecherln«, sagt s' und macht's Taschel zua.
»Da laßt si no manches verwenden …«
Jeder waaß, des Weiberl hat nie welche g'habt,
sie hat nur a winzige Renten …

Von Zeit zu Zeit, da kriagt ma an Schreck:
Der Naschmarkt wird nimmer lang leben.
»Er ist hinderlich!« haaßt's, »darum muß er weg!«
Geht's, Leuteln, des derf's do net geben!

A Ort, wo der Gschäftsmann mit Liebe verkauft,
und stolz auf sei urndliche War is,
a Ort, wo ma einkauft mit Lust und mit Freud,
was heutzutag eh scho so rar is,

für's Aug und für's Herz a klans Paradies.
Des solltert erhalten do bleiben.
Es findt si halt leider allweil a Grund,
daß s' ausn Paradies uns vertreiben ...

Helena Gwodzdz

Kalvarienberg

Jedes Joahr, zur Fostnzeit,
strömen s' nach Hernois, de Leit.
Jeder Kindergoartnzwerg
kennt durt den Kalvarienberg.
Jo, do gibt's a Remasuri,
vü Krawall und vü Kramuri,
Spüzeig und no maunches mehr;
d' Kirchn, de bleibt meistens leer ...
Jedes Joahr, zur Fostnzeit,
strömen s' nach Hernois, de Leit,
und durt fressn sa si voi
mit Würschtln und mit Zuckerwoi.

Robert Schindel

Immernie 10 (Im Café Einstein)

Im Café Einstein im frühen Jänner
Achtundneunzig, mein Jahr zum Atemholen
Bring ich Gespensterchen auf einen Nenner
Trag ich Erinnrungsfetzen unter meinen Sohlen

Die Gäste kuscheln sich beim Rotweintrinken
Als kämen sie aus allzu arger Kält
Sie nennen mich, daweil sie zu sich sinken
Und Traurigkeit zu ihrem Witze fällt

So ist das also. Hab ich eingegraben
Die alte Freundin, schläft sie im Zentral
Die letzte Liebe starb zugleich zum letzten Mal

Im Einstein sitz ich nun im Spiegelsaal
Kann von der Zukunft ein zwei Brösel haben
Gespenster möchten mich zum Sommer tragen

Die neue Liebe brennt so unverhohlen
Ich hab sie bei den Fetzen an den Sohlen

Ernst Waldinger

Wienerisch

Leicht nasal und weich und ein Kalfakter
Unter allen deutschen Dialekten,
Süffig, doch gefährlich, gleich den Sekten
Unter Weinen, ohne den Charakter
Preußisch-schnarrender Kommandotöne,
Sehr melodisch, offen für das Schöne

Ist mein Wienerisch aus Ottakring,
Das ich in der Kinderzeit empfangen,
Lieder, die aus Leierkästen klangen,
Die ich heute noch im Traume sing,
Meine Sprache, tanzend und verschwebend,
Anmutreich auf meinen Lippen lebend,

Noch das Englische, in jedem Laute,
Das im neuen Land ich rede, färbend,
Sanftheit jenes alten ihm vererbend
Und der Schwermut leise, innig-traute
Stimme, jedes fremde Wort beseelend,
Meine Abkunft niemals ganz verhehlend.

H. C. Artmann

waun zwa oede bem ..

waun zwa oede bem brakn
faungd s boed zun renga r au ..

sogt da r ane zun aundan:
wasd tschermak
dostal jsem dvacet schijlink ..

ui jessass!

kar wunda das se glei a weda
draustn iwar duanboch zaumziagt ..
(und *ii*
i wüü an aussflug mochn
met da hüde ..!)

wos sol e eich song?
den seine zwanzk schüleng
fardeam ma jezt gaunz hitlduaf
mezzaumt da r umgewung!!

i hob no nii an brodneid kend
i fargun an oedn pfrintna sei göd ..
owa waun a s nua *deidsch* xogt hed
und ned bemesch (wo sama den!?)
hed s feleicht eascht *muang* zmitog
zun renga r augfaungd ..

Ernst Kein

So a Sundog

so a sundog
beid ziagldeich
mia in da glothosn
und de daman
in da kombinesch
so a sundog
woa wiakli wos scheens

Ernst Jandl

haiku in wien

je müder ich bin
umso lieber
bin ich in wien

mein rasiermesser
ist über jeden zweifel erhaben
wie der doktor lueger

froh bin ich
daß ich kein journalist bin
denn die redaktionsbüros sind schmutzig
wie mein nachthemd

im maxim
bin ich keine strip-tease-nummer
aber in der badewanne
hinter der heroischen fassade
vom dianabad

dieser waldmüller
hängt schon seit hundert jahren
hier an der wand
und es vergeht kein tag
ohne karambolage

beim berglandverlag
hab ich mein erstes
buch verlegt
und futsch wars

meine griechin
hüpft um den hrabak
wie die diana
wenn sie ganz allein war
im wald

Winer Ownt

Doss is di schtilsste Schtot fun ale Schtet:
Ess owntikt, di Mentschn wern mider.
Der Betler hot arojssgescheptschet: schpet …
un klojbt zunojf di felndike Glider:
a Fuss, a Schtekn und zwaj krume Hent …

Bald weln sich zescharn blajche Schotnss
un fejerlech zewign ojf di Went.

Farcholemt wign sich di tunkle Tojrn,
di tunkle Tojrn fun der mider Schtot,
un ojf di midsste Gassn gejt farlojrn
der schtilsster Betler noch sajn schwern Trot …

Er gejt asoj, der Nowi un der Knecht,
in schmejchlendiker Blindkajt tif farsunken
zum midn Gang fun Tajch, sich anzutrinken
mit Nacht, der blojsster fun di bloje Necht.

Izt set sajn Blindkajt un di Ojrn hern
dem schtiln Sifz fun falndike Schtern,
woss faln ojf majn trojrik Harz …

Mendel Nejgreschl

Wiener Abend

Das ist die stillste aller Städte.
Es dämmert, die Menschen werden müder.
Der Bettler preßt heraus: S'ist spät …
und sammelt ein verstreute Glieder:
den Fuß, den Stock, zwei krumme Hände.

Bald scharen sich bleiche Schatten,
und Feuer huschen über die Wände.

Verträumt wiegen sich die dunklen Tore,
die dunklen Tore dieser müden Stadt,
und in den müden Gassen geht verloren
des stillsten Bettlers schwerer Schritt.

So geht er, ein Prophet und Knecht,
in Blindheit lächelnd tief versunken,
zum müden Lauf des Stroms, sich anzutrinken
mit Nacht, der blausten aller Nächte.

Jetzt wird die Blindheit sehend, seine Ohren hören
die stillen Seufzer der gefallnen Sterne,
die fallen auf mein traurig Herz …

Übersetzung aus dem Jiddischen von Gabriele Kohlbauer-Fritz

Kurt Erich Rotter

Im Park von Schönbrunn

Der bärtige Flußgott
im Schilf plaudert mit
der Nymphe des Weihers.
Eines römischen Tempels
Ruinen umrahmen das
friedliche Bild.

Wildenten ziehen lautlos
vorüber an moosüberwucherten
Steinen. Sonnenstrahlen
beleben die Stille, und im
steinernen Bogen, von
Säulen getragen, tänzeln
die Schatten der Zweige.

Wie doch alles vergeht,
wie selbst das eben Gesagte
der Dämmerung anheimfällt.
Musik des Schweigens,
Gedichte in Stein. Urnen,
Masken, Schilde erzählen
von alten Zeiten.

Bald sind auch unsere Tage
vergangen, vergessen, und nur
der Wind im Schilf singt
zuweilen noch leise die
Melodie unseres Lebens.

Heimito von Doderer

Auf die Strudlhofstiege zu Wien

Wenn die Blätter auf den Stufen liegen
herbstlich atmet aus den alten Stiegen
was vor Zeiten über sie gegangen.
Mond darin sich zweie dicht umfangen
hielten, leichte Schuh und schwere Tritte,
die bemooste Vase in der Mitte
überdauert Jahre zwischen Kriegen.

Viel ist hingesunken uns zur Trauer
und das Schöne zeigt die kleinste Dauer.

Peter Paul Wiplinger

wiener blut

grüner veltliner
müller thurgau
rheinriesling
welschriesling
weißer burgunder
neuburger
traminer
muskat ottonel
rotgipfler
zierfandler
blauer portugieser
sankt laurent
blauer burgunder
blaufränkisch
heuriger

Ilse Aichinger

Meiner Großmutter

Die Doppeltüren
in den Modenapark,
die Frage
nach dem Ursprung,
nach den Religionen,
die Salesianergasse,
die Frau Major Schultz,
die Excellenz Zwitkowitsch,
das Erschrecken,
die Demut,
die Abhängigkeit,
das Fräulein Belmont,
die Zuflucht,
der fremde Flur,
das Tor,
das aufspringt,
der tolle Hund,
erschrick nicht,
er ist weiß,
noch klein
und läuft vorbei.

Karl Lubomirski

Kahlenberg

Amseln und Wind
Im sanften Haupt
In der Schleppe Pannonien.
Nimm mit dem Sonnenarm des Morgens
Halt mit dem Sonnenarm des Abends
Den Schleier Versöhnung fest

Burgenland

Kärnten

Oberösterreich

Salzburg

Wir danken den Verlagen sowie den Autorinnen und Autoren bzw. deren Rechtsnachfolgern für die Abdruckgenehmigungen. Trotz genauer Recherchen konnten jedoch nicht alle Copyright-Inhaber ermittelt werden. Im Falle eines Rechtsanspruchs bitten wir Sie, den Verlag zu kontaktieren.

Friedrich Achleitner: Ich bin stolz, © Friedrich Achleitner, Wien

Ilse Aichinger: Meiner Großmutter, Bei Linz, aus: Verschenkter Rat, © S. Fischer Verlag GmbH, Frankfurt am Main 1978; Ungargasse, © Ilse Aichinger, Wien

H. C. Artmann: libhazzdoe, wenn zwa oede bem, aus: Med ana schwoazzn dintn, © Otto Müller Verlag, Salzburg 1958

Ingeborg Bachmann: Im Sommer, aus: Gesammelte Werke, Band 1 © Piper Verlag GmbH, München 1978

Bettina Balàka: Kitzeck, Hallstadt, Als Kind ein Spaziergang bei Hellbrunn, aus: Im Packeis, © Deuticke Verlag, Wien 2001

Otto Basil: Abend in Oberleis, © Christine Basil, Wien

Richard Bletschacher: September in Drosendorf, © Richard Bletschacher, Wien

Felix Braun: Die Berge, © Tatjana Popovic, Berlin

Käthe Braun-Prager: Gang zum Schwarzsee, © Tatjana Popovic, Berlin

Georg Britting: Der Inn, aus: Sämtliche Werke, © Ingeborg Schuldt-Britting, Höhenmoos

Bernhard C. Bünker: De neie Heimat!, aus: Schwoaze Blia fia di, © Hermagoras Verlag, Klagenfurt 1993

Christine Busta: An den Strom, Offene Landschaft bei Wien, Zwischen den windischen Büheln, © Otto Müller Verlag, Salzburg

Anna Buzanits: Burgenländisches Angerdorf, September in Hochegg, © Anna Buzanits, Eisenstadt

Georg Bydlinski: Dämmerung, aus: Zimmer zum Licht, © Edition Atelier, Wien 1999; Ötztal, aus: Wintergras, © Georg Bydlinksi, Mödling 1995

Catarina Carsten: Rauriser Tal, © Lottelore Regner, Puch/Hallein

Paul Celan: Bahndämme ..., aus: Sprachgitter, © S. Fischer Verlag GmbH, Frankfurt am Main 1959

Inge Dapunt: Tschengla und Tschalenga, © Inge Dapunt, Obertrum

Hans Deißinger: Im Kar, © Ulrike Deißinger-Tolosana, Salzburg

Heimito von Doderer: Auf die Strudlhofstiege zu Wien, aus: Ein Weg im Dunkeln, © Verlag C. H. Beck, München 1957

Kurt Eigl: Sonntagsland, © Kurt Eigl, Wien

(Gertrud) Vera Ferra(-Mikura): Die Windmühle, © Erbengemeinschaft Mikura, Wien

Arthur Fischer-Colbrie: Nacht in der Wachau, © Margarete Szova, Linz

Wolfgang J. E. Flatz: Oh du mein herziges Rankweil, © Wolfgang Flatz, Riezlern

Johannes Freumbichler: A Salzburger bin i, © Thomas Bernhard Archiv (Peter Fabian), Gmunden

Erich Fried: Trakl-Haus, Salzburg, aus: Das Nahe suchen, © Verlag Klaus Wagenbach, Berlin 1982

Egon Geier: Julier nach dem Regen, © Reinhard Geier, Klagenfurt

Robert Gernhardt: Bodenseereiter, Über den Semmering nach Mürzzuschlag, © Robert Gernhardt, Frankfurt

Alfred Gesswein: Heldenberg, Schilfhügel bei Illmitz, Steinbruch, © Brigitte Röhrs, Wien

Gerhard Glawischnig: Was noch da war, © Gerhard Glawischnig, Seeboden

Rüdiger Görner: Silberne Knospen, aus: Badener Etüden, © Deuticke Verlag, Wien 1992

Albert Paris Gütersloh: Donaureise des Herzens, © Wolfgang Hutter, Wien

Michael Guttenbrunner: Aufstieg, Lebenslauf, Der Kärntner Slowene, Klagenfurt, © Michael Guttenbrunner, Wien

Erich Hackl: Franz Stelzhamer, © Erich Hackl, Wien

Stephan A. T. Hadwiger: Am Pöstlingberg, © Stephan A. T. Hadwiger, Linz

Hans Heinz Hahnl: Als Hügelmensch, © Hans Heinz Hahnl, Wien

Hans Haid: Bauernhaus, © Hans Haid, Sölden

Jakob Haringer: In der Sonne von Salzburg sitzen, aus: Aber des Herzens verbrannte Mühle tröstet ein Vers, © Residenz Verlag, Salzburg 1988

Volkmar Hauser: Die Liebe, © StudienVerlag, Innsbruck

Eduard C. Heinisch: Bruckner, © Erika R. Heinisch, Salzburg

Alois Hergouth: Im Stadtpark, heimat, © Georg Frena, Graz

Frieda Hirsch: Gattendorf, © Frieda Hirsch, Wien

Michael Hölzl: Rundum Berge, © Studien-Verlag, Innsbruck

Ernst Jandl: aspang, aus: poetische werke, (hrsg. von Klaus Siblewski), Band 2, der grazer, aus: poetische werke, (hrsg. von Klaus Siblewski), Band 8, haiku in wien, aus: poetische werke, (hrsg. von Klaus Siblewski), Band 5, Kärntnerstraße, aus: poetische werke, (hrsg. von Klaus Siblewski), Band 1, alle: © 1997 Luchterhand Literaturverlag GmbH, München

Hermann Jandl: Heimat, © Hermann Jandl, Wien

Norbert C. Kaser: Burgenland, © Monika Kaser, Uttenheim

Ernst Kein: Praterlied, Schrebergarten, So a Sundog, © Erna Lehky, Deutsch-Wagram

Josef Kienast: Den Tiroler Kindern ins Poesiealbum, © Josef Kienast, Volders

Andrej Kokot: Wunsch, © Andreas Kokot, Wien

Alfred Kolleritsch: Einst, © Alfred Kolleritsch, Graz

Klara Köttner-Benigni: Haydns Gartenhäuschen, Neueste Nachrichten, © Klara Köttner-Benigni, Eisenstadt

Theodor Kramer: Herbstfrost vor Rust, aus: Gesammelte Gedichte Band 3 (hrsg. von Erwin Chvojka), © Paul Zsolnay Verlag, Wien 1997; Der zweite Weg, Vom Blauen Haus in Bruck, aus: Unser Land (hrsg. von Erwin Chvojka), © Erwin Chvojka, Wien; Mühlviertler Herbstlied, aus: Spätes Lied (hrsg. von Erwin Chvojka), © Paul Zsolnay Verlag, Wien 1997

Ernst Krenek: Auf und ab, © Gladys N. Krenek, Palm Springs

Anton Kuchling: Drau, sag!, © Hermagoras Verlag, Klagenfurt

Isolde Lachmann: Abend am Traunsee, aus: Meridiane, © Bibliothek der Provinz, Weitra

Erich Landgrebe: Mozartplatz im Winter, © Margret Landgrebe, Salzburg

Christine Lavant: Im Geruch, aus: Spindel im Mond, © Otto Müller Verlag, Salzburg 1959

Josef Leitgeb: Am Bodensee, © Tyrolia Verlag, Innsbruck 1997

Alexander Lernet-Holenia: Hochwasser im Salzkammergut, aus: Das lyrische Gesamtwerk, © Paul Zsolnay Verlag, Wien 1989

Karl Lubomirski: Kahlenberg, Innsbruck, © Edition Atelier, Wien

Paula Ludwig: Jahresneige, © Langewiesche-Brandt Verlag, Ebenhausen bei München 1986

Ernst Marboe: Wortpalette Steiermark, © Familie Marboe, Wien

Josef Marschall: Loretto, © Marschall-Kreis, St. Margarethen

Trude Marzik: Naschmarkt, aus: Aus der Kuchlkredenz, © Paul Zsolnay Verlag, Wien 1996

Friederike Mayröcker: An ein Mohnblume, aus: Winterglück. Gedichte, © Suhrkamp Verlag, Frankfurt 1986

Max Mell: Dachstein von Aussee, © Ulrike Mell, Wien

Romed Mungenast: Erinnerung eines Jenischen, © Romed Mungenast, Landeck

Mendel Nejgreschl: Winer Ownt, aus: In a Schtodt woss schtarbt, © Picus Verlag, Wien 1995

Herbert Pauli: Mostviertel, aus: Im Keller der Most, © Edition Doppelpunkt, Wien 1998

Georg Paulmichl: Berghöfe, aus: Ins Leben gestemmt, © Haymon Verlag, Innsbruck 1994

Josef Friedrich Perkonig: Längst schon liegt …, © Gerhard Perkonig, Feistritz

Margit Pflagner: Eisenstädter Bergkirche, © Tyrolia Verlag, Innsbruck 1986

Fritz Popp: Abends auf der Salzachbrücke, © Edition Eizenbergerhof, Salzburg 1997

Paula von Preradović: Stadt der Kindheit, © Fritz Molden, Wien

Guyla Pulay: otthun, aus: Österreichische Lyrik und kein Wort deutsch (hrsg. von Gerald Nitsche), © Haymon Verlag, Innsbruck 1990

Alexander Roda Roda: Auf dem Friedhof zu Graz, aus: Das große Roda Roda Buch, © Paul Zsolnay Verlag, Wien 1988

Oscar Sandner: Im Gewächshaus für Selbstmitleid, In Bregenz leben, © Oscar Sandner, Bregenz

Helmut Schelsky: Späte Heimat Burgenland, © Wilhelm Schelsky, Hansen

Robert Schindel: Immernie, Spätsommer, aus: Immernie, © Suhrkamp Verlag, Frankfurt 2000

Katja Schmidt-Piller: Hallein, © Katja Schmidt-Piller, Purbach

Ernst Schönwiese: Salzburger Herbst, © Susanne Schönwiese, München

Kuno Seyr: Geschichtliche Wahrheit, © Kuno Seyr, Bozen

Ana Šoretić: genuis loci pannonicus, aus: Pannonisches Jahrbuch, © Literas Verlag, Wien; Gradišće, aus: Schatten und Licht (hrsg. Katja Schmidt-Piller), © Edition Rötzer, Eisenstadt

Kundeyt Surdum: Es ist immer zu früh, Diesen Winter, aus: Unter einem geliehenen Himmel, © Piper Verlag GmbH, München 1988

Wilhelm Szabo: Das Dorf Unter-Wegscheid, © Eva Wimmer, Wien

Friedrich Torberg: Sehnsucht nach Alt-Aussee, © Langen Müller in der F.A. Herbig Verlagsbuchhandlung GmbH, München

Jutta Treiber: Burgenland, © Jutta Treiber, Oberpullendorf

Franz Tumler: Wiedersehen mit Oberösterreich, aus: Das Zerteilen der Zeit, © Haymon Verlag, Innsbruck 1989

Liesl Ujvary: Die schöne Stadt, aus: Sicher & gut, © Rhombus Verlag, Wien 1977

Alois Vogel: Bei Staatz, Kellergasse, © Deuticke Verlag, Wien

Ernst Waldinger: Bergfriedhof in Osttirol, Salzkammergut, Semmering, Simmeringer Hauptstraße, Traunkirchen, Wienerisch, © Otto Müller Verlag, Salzburg

Josef Weinheber: Bei Siebenhirten, Grinzinger Weinsteig, © Otto Müller Verlag, Salzburg

Peter Paul Wiplinger: Wiener Blut, © Grasl Verlag, Baden; Mauthausen, Roma: © Peter Paul Wiplinger, Wien

Guido Zernatto: Die Sonnenuhr, © Otto Zernatto, Treffen

Carl Zuckmayer: Salzburger Nachtphantasie, Kosmische Störungen, aus: Gedichte, © S. Fischer Verlag GmbH, Frankfurt am Main 1977